Je n'ai rien vu venir

La collection littéraire *Plumes du Coq* est publiée avec l'aide de la Fédération Wallonie-Bruxelles

Couverture : Oleg Golovnev/www.shutterstock.com/74498506

Weyrich sa – Route de la Maladrie 5, Longlier – B-6840 Neufchâteau
32(0)61 27 94 30 www.weyrich-edition.be
Mise en pages et composition : Weyrich Édition

Impression : Graphico Europe

Dépôt légal n° D/2015/8631/14
ISBN 978-2-87489-325-4

EVA KAVIAN

Je n'ai rien vu venir

ROMAN

Plumes du Coq

Weyrich

Dans la collection Plumes du Coq

André-Marcel Adamek, *Oxygène ou les chemins de Mortmandie*, 2012.
Line Alexandre, *Jeanne derrière la porte*, 2015.
Alain Bertrand, *Le Lait de la terre*, 2011.
Alain Bertrand, *L'Été sous un chapeau de paille*, 2014.
Ghislain Cotton, *Le Passager des Cinq Visages*, 2012.
Alain Dantinne, *La Promesse d'Almache*, 2014.
Jacques De Decker, *Le Ventre de la baleine*, 2015.
Xavier Deutsch, *Chaussée de Moscou*, 2014.
André-Joseph Dubois, *Les Années plastique*, 2011.
André-Joseph Dubois, *Le Sexe opposé*, 2013.
André-Joseph Dubois, *Ma Mère, par exemple*, 2014.
Bernard Gheur, *Les Étoiles de l'aube*, 2011.
Bernard Gheur, *Un Jardin dans les Rocheuses*, 2013.
Marcel-Sylvain Godfroid, *Le Bureau des reptiles*, 2013.
Michel Host, *Une vraie jeune fille*, 2015.
Jean Jauniaux, *L'Année dernière à Saint-Idesbald*, 2015.
Armel Job, *La Malédiction de l'abbé Choiron*, 2011.
Christian Libens, *La Forêt d'Apollinaire*, 2013.
Denis Riguelle, *Rue des Brasseurs*, 2014.
Thierry Robberecht, *Entre mes bras*, 2012.
Frédéric Saenen, *La Danse de Pluton*, 2011.
Frédéric Saenen, *Stay behind*, 2014.
René Swennen, *L'Ombre de Palerme*, 2012.
Pascale Toussaint, *J'habite la maison de Louis Scutenaire*, 2013.
Vivier, Lekeux, Smeyers, *Des Belges dans l'enfer de 14-18*, 2014.

Du même auteur

Romans

Après Vous, Le Hêtre Pourpre, 2001.
Autour de Rita, Le Castor Astral, 2002.
Trois siècles d'amour, Le Castor Astral, 2003.
Le rôle de Bart, Le Castor Astral, 2005. Traduit en danois.
La dernière licorne, Mijade-Mémor, 2008.
Le square des héros, Le Castor Astral, 2009.
Ne plus vivre avec lui, Mijade, 2009. Traduit en hongrois.
Premier chagrin, Mijade, 2011.
L'art de conjuguer des hommes mariés, Les Carnets du Dessert de Lune, 2012.
Ma mère à l'Ouest, Mijade, 2012.
La conséquence de mes actes, Mijade, 2013.
Tout va bien, Mijade, 2014.
On ne parle pas de ça, Oskar, 2014.
Le trésor d'Hugo Doigny, Luc Pire, 2015.

Poésie

La nuit, le silence fait moins de bruit, textes poétiques, Esperluète, 2002.
Amoureuse, Les Carnets du Dessert de Lune, 2007.(Mis en scène par l'asbl Le Plaisir du Texte).

Essais

Écrire et faire écrire, De Boeck, Tome 1, 2007.
Écrire et faire écrire, De Boeck, Tome 2, 2011.

« Si cette histoire est nourrie d'une réalité rude et cruelle, elle est néanmoins œuvre de fiction ; toute ressemblance avec des personnes ou institutions existantes est à mettre sur le compte des liens que nous tissons, quand nous lisons. »

Je n'ai rien vu venir. C'est ce que je lui ai dit. Sabrina doit avoir l'âge de Laura. Sur la porte de son bureau, il était écrit « Sabrina ». Elle me posait des questions et des questions. Les mots d'une question se mêlaient à ceux de la suivante. Je l'aurais écoutée pendant des heures. Sa voix me réchauffait. Cette jeune femme me parlait et j'avais l'impression de devenir à nouveau un être humain. Je n'étais pas capable de lui répondre, mais j'avais besoin de l'entendre. Je ne voyais aucune trace de haine ou de mépris sur son visage. Elle me regardait dans les yeux, elle tenait son bic en l'air, elle est gauchère, elle attendait d'avoir quelque chose à noter. Je crois qu'elle a deux enfants. Un garçon et une fille, d'environ dix à douze ans, si les photos posées sur sa table sont récentes. *J'ai quatre enfants. Ils vivent à l'étranger.* C'est ce que je lui ai répondu. *Ils travaillent beaucoup, ils ont leur vie, c'est impossible pour eux de m'accueillir.*

Peu à peu, les questions se distinguaient les unes des autres. Des questions simples. Elle écrivait les réponses dans son cahier, avec une écriture d'étudiante pressée. *Non, je n'ai pas de problème de boisson. Mes mains tremblent parce que je mange mal depuis des mois. Oui, j'ai ma carte d'identité. Jacques De Ridder, oui. 68 ans. C'était mon adresse, oui, mais j'ai dû partir ce matin. J'irai changer ma carte d'identité quand j'aurai une nouvelle adresse. Oui, j'ai des revenus. Une pension minimaliste. Mon loyer était de 550 €. C'est à cause de ça que j'ai dû partir.* Après ne pas avoir parlé pendant des semaines, c'est comme si ma bouche était engourdie, comme si les syllabes avaient des difficultés à imposer le mouvement aux lèvres, comme si les muscles des joues n'étaient plus innervés. Comme si la respiration et la parole s'étaient désynchronisées. Je savais que cela ne durerait que quelques minutes, que tout allait se remettre en ordre. J'ai eu la même chose quand je suis sorti de prison. Sabrina était occupée à me parler d'une réunion, elle n'était pas seule à décider, j'aurais la réponse de l'équipe le lendemain matin. S'ils acceptaient ma demande d'hébergement, je pourrais m'installer le jour même, vu la situation. Entre ce moment et « le jour même », il y a une nuit, me disais-je. On me laisserait un temps d'adaptation durant lequel elle aurait l'occasion de construire avec moi les bases de mon « contrat de projet d'avenir ». Quel contrat ? Quel avenir ? Quel projet ? Je voulais juste un toit. Elle me présenterait aussi une autre assistante sociale et le directeur de l'insertion. On calculerait les frais d'hébergement en fonction de ma pension. *Téléphonez vers 9 h, pour savoir quoi.* J'ai acquiescé. Impossible d'ouvrir la bouche. Impossible d'articuler *je passerai, parce que je n'ai plus de quoi me payer une carte de téléphone, je viendrai avec mes affaires, parce que tout ce que j'ai est dans le petit sac qui est à mes pieds, je pensais pouvoir dormir ici cette nuit.* Sa voix m'avait réchauffé une demi-heure plus tôt et la honte me brûlait maintenant la peau. Que dirait Laura ? Que pensait Sabrina ? À cet instant, moi, je ne pensais pas vraiment. Je réunissais toutes mes forces pour me lever, sourire, remercier, dire *à demain*, ne pas oublier mon sac. *Vous savez où dormir cette nuit ? – Oui.* Je n'y avais pas réfléchi. Dans l'article, ils disaient que la « résidence » accueillait les sans-abri. C'est pour cela que je suis venu là. J'avais imaginé des dortoirs, des lits puants, des hommes ivres, des traces de vomissures et des cris de bagarres, mais surtout un abri. Le temps de trouver une solution. Ce n'est pas tout à fait exact. Je n'ai pas pensé le mot solution après le mot abri. Trouver un abri était une solution. *Je vais dormir chez des amis. À demain, merci.*

Dossier confidentiel
Entretien d'accueil, par Sabrina.

Jacques De Ridder, 68 ans.

Situation actuelle :

J.D. n'a plus de domicile depuis ce jour. Il ne pouvait plus payer le loyer (vérifier endettement).

Attitude : il parle peu, semble parfois absent. Propos cohérents. Collaborant, motivé, assez fatigué. Calme (mais ses mains tremblent).

Famille : divorcé. Quatre enfants, vivent à l'étranger.

Travail-formation-expérience : secteur informatique, sans diplôme. Autodidacte, dans un domaine encore neuf quand il a commencé sa carrière, dit-il. A travaillé dans plusieurs pays, le plus souvent comme indépendant. Son dernier contrat (salarié) a été suspendu pour faillite de l'entreprise. Il dit qu'il a toujours travaillé, qu'il a toujours pensé qu'il travaillerait. Qu'il aurait pu s'acheter des maisons, faire des économies, que tout est de sa faute, qu'il n'a rien vu venir. Qu'il compte postuler.

Santé : pas de problème

Alcool et drogue : non (vérifier)

Justice : non

Autres maisons d'accueil fréquentées : non

Problèmes psychiatriques/psychologiques : non (dépressif ?)

Dettes : probablement (vérifier)

Documents d'identité : en ordre (à modifier, changement d'adresse)

Projet : trouver un logement, du travail (réaliste ?)

Mon avis : J.D. a manifestement toujours été adapté socialement, d'un naturel assez distingué, réservé. Ce premier « accident social » est la suite d'un concours de circonstances (perte de travail, mise à la pension, pension calculée uniquement sur les contrats avec des employeurs et clients belges, incapacité de payer le loyer, nombreuses tentatives de retrouver du travail et compte en banque vidé peu à peu durant cette période). Son âge et l'éloignement de ses enfants rendent la réinsertion compliquée. Dans la mesure où il est valide et possède toutes ses facultés, il est peu probable qu'il envisage de chercher une place en maison de repos. Il ne semble pas du tout y penser. A-t-il conscience de son âge ? De sa situation ? Il n'imagine pas ne plus travailler. Et donc, mon avis ? Aucune idée de ce que l'on peut construire comme projet social avec lui, mais je ne vois pas non plus comment on pourrait le jeter à la rue !!! Je suggère qu'à titre exceptionnel nous relevions la barre des soixante ans.

Rue Notre-Dame, place Kekeljan, boulevard Baron Huart, avenue Baron de Moreau, avenue de la Plante, rue Notre-Dame, je ne vais pas passer la nuit à tourner autour du pâté de maisons, place Kekeljan, avenue Baron Huart… *Eh, mec, tu cherches ton chemin ?* Devant l'entrée de la résidence, quelques jeunes, des Marocains, un joint qui passe de l'un à l'autre. Des sans-abri en veste de cuir et chaussures de marque ? Ils ont moins de trente ans. Est-ce avec eux que je vais partager une chambre ? Je n'ai rien à voir avec ces petits glandeurs. Rien à voir avec ces drogués. Rue Émile Cuvelier, rue Saint-Jacques, j'ai faim. *Vous n'auriez pas un euro pour que je puisse prendre le tram ?* J'ai la tête d'un gars qui a un euro en poche ? J'ai faim ! J'ai la tête d'un gars qui demanderait l'aumône pour se payer un sandwich ? Jamais de la vie. Je n'ai jamais rien demandé à personne. Je n'ai rien à voir avec ces bourgeoises qui achètent des chaussures pour le prix de trois nuits d'hôtel. Myriam s'achetait-elle des chaussures aussi chères ? Avec la pension alimentaire que je lui versais ? Ne pas penser à Myriam. Marcher. Ne pas penser. Ils mangent quoi, les clodos ? Ils vont dans les poubelles des restaurants, quand le soir tombe ? Suis-je un clodo ? Un clodo d'une nuit ? Jamais de la vie ! Je n'ai rien à voir avec ces gens. Rue de l'Ouvrage. Je vends mes trois derniers livres à un bouquiniste et je m'offre des frites. De toute façon, j'ai plus envie de manger que de lire. Que dirait Martin, s'il savait que son père se nourrit depuis des semaines en vidant la bibliothèque ? Ne pas penser à Martin. Penser frites.

Trois volumes de la Pléiade. De quoi m'offrir une place assise devant un spaghetti bolognaise. Je suis un sans-abri sans abri. Personne ne se retourne. J'ai encore l'air d'un gars qui vient vendre des livres, qui marche dans la rue. Le genre de gars qui rentre tard du boulot, mais qui préfère rentrer à pied. La dernière fois aussi, je suis rentré à pied. Plus de boulot, plus de voiture. Dix-huit euros. Peut-on loger à Namur pour dix-huit euros ? Quinze euros, si je prends des frites. Où peut-on passer la nuit sans ressembler à un clochard ? Si j'étais moins orgueilleux, j'aurais simplement dit non à Sabrina. *Non, je ne sais pas où je vais dormir cette nuit.* Comment est-il possible que j'en sois à ne pas savoir où dormir ? Je n'ai rien vu arriver.

Bon, ce n'est pas le moment de m'apitoyer sur mon sort. Une frite, un aller-retour en train à l'aéroport. J'aurai l'air d'un gars qui attend un avion. Avec un peu de chance, il me restera de quoi prendre un café avant d'aller à la résidence. La résidence. En voilà un nom !

Momo a trente ans et il en paraît vingt, un vieux routard des centres d'accueil à qui on ne la fait pas. Quand il a vu passer Jacques devant la résidence, il l'a tout de suite repéré. C'est le vieux qui causait avec Sabrina. Momo aurait parié son portable que le vieux voulait une place et pourtant il ne ressemblait pas aux autres, le vieux. Plus distingué, moins écroulé. Avec ce truc dans le regard qui ne trompe pas. Rien à voir avec les vêtements ou la manière de marcher, de parler. Si Momo avait fait l'entretien d'accueil à la place de Sabrina, il aurait juste écrit « à héberger au plus vite, désespoir profond, aucune chance d'en sortir. Pour lui, c'est ici ou la rue ». C'est quelque chose qu'il repère chez certains gars qui arrivent. Tu dirais qu'ils n'ont plus la vie en eux. Ils sont vivants, mais ils ne sont plus en vie. Quelque chose leur est arrivé, va savoir quoi, et ils finissent dans la rue ou dans un centre d'accueil. Faut pas croire qu'ils vont se suicider. Ils ne savent même pas qu'ils ne sont plus en vie. Ils ne sont pas tristes ou désespérés, pas comme cet emmerdeur de Filleul Royal qu'il faut faire dégueuler trois fois par semaine. Des gars comme le vieux, ils fonctionnent. Ils font ce qu'il faut, rien de plus. Ils sont décrochés du monde. À la fin, c'est tout le monde qui décroche d'eux. À se demander s'ils s'en rendent compte. Ils n'ont pas le haut du dos un peu voûté de ceux qui souffrent de solitude. Momo n'est pas loin de croire qu'ils ne souffrent pas. Qu'ils sont au-delà. À force de voir tant de gars arriver, se réinsérer puis revenir à la résidence encore plus abîmés qu'avant, Momo se dit que les travailleurs sociaux, bien gentils, bien sympas et tout ça, ils n'y comprennent rien. Avec leur petit conjoint, leur petite famille, leur enfance criblée de joies, leur petit salaire et leur collection de DVD à côté de la réserve de chips, ils ne savent pas ce que c'est la misère humaine, la société inconsciente et les dégâts collatéraux du capitalisme. Ils apprennent la pauvreté et la déchéance dans les bouquins alors que lui, Momo, il est né dedans. C'est pour ça qu'il a d'abord pensé faire assistant social.

À tout prendre, il préférerait qu'on mette le vieux dans sa chambre à la place de Filleul Royal. Les décrochés, c'est pas des emmerdeurs. Si on l'installe dans sa chambre, il l'appellera Carpaccio. À cause de sa carrure de rollmops et de son air à s'être fait manger tout cru. Donner un surnom aux nouveaux, qu'ils aient quelque chose d'autre sur le dos que leur misère. Un surnom sympa. Ils sont peut-être dans la merde, mais ils sont vivants, nom d'un chien. Momo a ça en lui, la vie. Ça lui bouillonne en dedans. Quand il était môme, on lui filait des médicaments pour le calmer. Dans son dossier, il y a sans aucun doute un bien informé qui a beaucoup lu et qui a indiqué « comportement : hyperactif ». On peut compter sur les zélés. Les *zyperactifs* du social. Avec la came, il est plus calme. Ça marche mieux que les médocs, ou bien c'est l'âge, la maturité et tout ça. Tu prends l'aile de « calme » et t'as « came ». Faut pas chercher plus loin. Dans son dossier, il y a son vrai nom. Mais à chaque fois, il fait jurer au zélé de service de ne le dire à personne. Il veut bien signer tous les contrats de réinsertion sociale, il veut bien arrêter la came, suivre une formation en bobinage ou s'inscrire à l'unif. Si nécessaire, il trouvera du travail. Il promet tout, si on lui garantit de ne pas l'appeler Mowgli. C'est pas un nom pour un gosse, surtout quand on a trente ans. À chaque entretien d'accueil, il les baratine tellement qu'aucun zélé n'a le cœur de lui faire signer un contrat d'avenir longue durée. S'il signe qu'il va rédiger un C.V. dans les quinze jours ou qu'il est prêt à voir le psychologue, il a son bon d'entrée. *Mon père avait quitté ma mère un an avant ma naissance. Quand il est revenu, elle avait ses premières contractions. Il a commencé à lui taper dessus en gueulant d'où il vient ce gosse ? Tu te laisses enfiler par le premier qui passe dès que j'ai le dos tourné et puis tu vas me raconter qu'il a mes yeux ? Hein ? C'est qui ? Patrick ou Roland ? Il vient d'où ? Tu vas me raconter que Mowgli n'a pas de père ? Quand ma tête est sortie, le cœur de ma mère a explosé de joie et de chagrin à la fois et mon corps a suivi. Quand on m'a trouvé dans un panier coincé sur un bénitier à côté de l'autel de sainte Radegonde de Malonne, on a aussi trouvé un papier. Avec l'écriture de mon père. Qui d'autre ? « Ce bâtard s'appelle Mowgli. Mère belge, décédée. Père inconnu, bon vent. » Je dis mon père, mais ce n'est pas mon père. Je ne suis peut-être pas très scolarisé mais je sais qu'on ne naît pas après douze mois. Bref, sur ma carte d'identité, c'est Mowgli. Rien que d'y penser, je revois mon père achever ma mère en plein accouchement et je repense à ma chienne d'enfance remplie de l'espoir qu'on m'adopte et qu'on me donne enfin un nom convenable. Mais qui adopte un petit Belge avec une tête de beur, hein ? Ça sent le coup fourré, la publicité mensongère. Je suis belge, de parents belgo-disparus, mais j'ai une tête comme on les fait en Afrique du Nord. On peut dire que ce n'est pas le départ dans la vie le plus simple. Momo, ça le fait mieux. Non ?* Le plus dingue de tout cela, c'est que la vérité, que Momo ignore forcément et définitivement, est assez proche de son baratin. À croire qu'il a un don.

La nuit, il ne dort pas beaucoup. C'est plus fort que lui. Il a besoin de marcher pour réfléchir. Il fait les couloirs. Il veille au grain. Quand il n'y a pas de grain, il va à l'accueil, il tient l'éducateur de nuit éveillé. Suffit de causer. De toute façon, avec Ramon dans la chambre, impossible de fermer l'œil. Ici, tout le monde appelle Ramon « Le France », tellement il ronfle. On l'entend d'une chambre à l'autre. Le cauchemar des insomniaques. Momo est partagé, rapport à Ramon. D'ailleurs, il ne lui a pas encore trouvé de surnom. D'un côté, il a toujours eu du mal avec les Espagnols à cause de l'Inquisition et des corridas, d'un autre côté, Ramon vénère sa mère et ferait tout pour elle. C'est quelque chose que Momo respecte et comprend. C'est le quatrième séjour de Ramon à la résidence. Momo ne l'a jamais croisé ailleurs, ça ne veut pas dire qu'il n'y a pas été. Ramon dit que non. S'il n'est pas accepté ici, il menace de se suicider, ce qui achèverait sa pauvre mère, ou d'aller dans la rue, ce qui revient au même, en pire. Pour Ramon, la résidence, c'est le cinq étoiles des sans-abri. C'est pas parce qu'il a eu des pépins dans la vie qu'il doit déguster dans l'aide sociale en prime. Le problème de Ramon dans chaque contrat d'avenir, c'est son amour pour sa mère. On ne peut tout de même pas le pénaliser parce qu'elle est vieille, qu'elle vit à Séville et que Ramon sent environ deux fois par an qu'elle a besoin de lui. Une histoire d'ondes que Momo comprend et respecte. Le genre de phénomène qu'on ne trouve pas dans les syllabus d'apprenti assistant social. Mais on n'y trouve pas non plus la recette de la tortilla, sans laquelle l'Espagne ne serait pas l'Espagne. Avec son expérience de la vie et des gens et les trois mois durant lesquels il a suivi les cours à la fac de psycho, Momo en sait assez pour faire le profil de Ramon : il est espagnol, très attaché à sa mère qui n'en a plus pour longtemps et assez con. Pas méchant, mais vraiment bête. Tu lui ferais un scanner et tu verrais que les idées ne font pas la course contre la montre. On voit tout dans les yeux, quand on a un peu étudié la question. Le décrochage, le désespoir, l'intelligence, et la lenteur de la pensée. Ramon pense lentement. Les événements vont toujours plus vite que sa pensée et ça lui pose plein de problèmes sociaux. Le temps qu'il déchiffre sa facture, l'huissier est là. C'est un gentil. Un peu raciste sur les bords, mais qui ne l'est pas ? En dehors de ses ronflements, il ne pose aucun problème dans un groupe. On a beau dire, ça compte, quand on passe sa vie dans les institutions. Momo a commencé à prendre des notes, on ne sait jamais, pour un petit traité à partir de ses observations sur les yeux des gens. L'idée lui est venue au premier cours d'anthropométrie. Chez Momo, le cerveau fonctionne vite et bien. Trop vite pour suivre. D'autant qu'il a toujours plusieurs idées en même temps, tu dirais des balles de ping-pong en mouvement perpétuel. Quand les balles prennent de la vitesse et que son crâne crépite, il se fait un petit pétard, ça le rend presque normal.

— Tu m'ouvres la porte, Sam ?

— Il est trois heures du mat, Momo, va fumer au salon.

— J'ai besoin d'air, je reste devant la porte, tu peux me surveiller. Allez, juste cinq minutes.

Qu'est-ce qu'il croit, Sam, que tout le monde dort paisiblement dans sa chambre ? À trois heures du mat, il y en a encore au moins cinq dehors. Environ trois bourrés et deux qui bourrent. Et comme on n'entend pas Le France, Momo sait que Ramon est dehors. On lui a dit, à Ramon, dès son admission, d'arrêter avec la bibine. De limiter. C'est facile de dire ça quand on a une belle petite vie, un petit boulot et des copains qui viennent souper le samedi. Momo ne dit pas que c'est bien d'être alcoolique, non. Mais il comprend. Tu vis des trucs durs, tu te fais morfler par la vie, tu souffres et tout le monde sait que quand on souffre on est seul de chez seul, tu prends un verre et le poids des peines devient plus léger, t'en prends un deuxième et tu commences à trouver des solutions à tout, tu prends des résolutions, tu retrouves le sourire, tu n'es plus seul puisque le poids des peines est moins lourd. Alors tu te fais des copains, tu prends un troisième verre et un quatrième, tu ne comptes plus et, quand tu rentres, t'as oublié que t'es dans la merde. Au réveil, t'as oublié les solutions et les résolutions. Mais tu te souviens de ce moment où tout devient léger. Le problème de l'alcool, ce n'est pas l'alcool. C'est les problèmes. T'as déjà vu un alcoolique qui n'avait pas de problèmes avant de devenir alcoolique ? Et l'oubli. T'as des problèmes, tu bois, tu les oublies, tu trouves des solutions, tu les oublies, tu retrouves les problèmes, tu bois, un cercle très vicieux. Va comprendre ça en lisant des livres dans ton nouveau divan ikéen. Suffit de penser au loup et il rapplique en titubant.

— File par derrière, Ramon, je vais occuper Sam. T'as pas intérêt à te faire pincer dans cet état. T'es vraiment con de faire ça la nuit ! T'es le seul qu'on peut repérer sans entrer dans la chambre.

— Ta gueule, Momo. Fallait que je sorte, j'en pouvais plus avec Filleul.

Dossier confidentiel, synthèse des six premiers mois, par Sabrina.

Ramon Crespo.

R.C. était très motivé, à son entrée. Il avait fait le point, il voulait trouver du travail, un logement, stabiliser sa situation. Au moins quatre ou cinq ans. Après, il irait vivre en Espagne. Il avait décidé (et signé le contrat) de ne pas aller voir sa mère avant d'avoir trouvé logement et travail. Il semble se faire oublier. Il est régulier pour ses heures de bénévolat, le chef n'a rien à redire. Il fait même volontiers des heures supplémentaires. Aucun signe de mouvement par contre, pour une recherche d'emploi. À chaque entretien de suivi, il reprend son discours du premier jour et reste évasif quant aux démarches réalisées. Son problème d'alcool semble stabilisé. Je pense que cela vaut la peine de ne pas trop mettre la pression sur les démarches de réinsertion pour l'instant. Si le problème de consommation est résolu (c'est tout de même la première fois qu'il est abstinent si longtemps) nous avons peut-être une chance de le voir se reconstruire socialement. Donnons-lui encore quelques semaines. Attention, néanmoins, à la date butoir. Il n'a jamais tenu un an sans précipiter un départ. Je pense que nous devons l'entourer, le soutenir, être vigilants.

— L'équipe a décidé d'accepter votre demande d'hébergement. Vous pouvez entrer aujourd'hui.

— Maintenant ?

— Oui, si vous le souhaitez. Vous avez déjeuné ? Il reste dix minutes.

— J'ai pris un café. Je veux bien manger une tartine.

— Je vous conduis au réfectoire. Après, vous revenez au deuxième, dans mon bureau, et je vous montre votre chambre.

C'est tout ce que je dois faire. Être là aux heures d'ouverture du réfectoire, prendre mon plateau, le remplir, choisir ma place, manger. Étrange impression. Depuis des mois, le simple fait de m'alimenter monopolisait une grande partie de mon temps. Prendre un ou deux livres, aller chez le bouquiniste, chercher les aliments les moins chers, les ventes rapides. Depuis qu'ils avaient coupé le gaz et l'électricité, le choix s'était encore réduit. Uniquement ce qui ne nécessitait pas de cuisson. Ce petit-déjeuner ressemble à mes derniers petits-déjeuners, mais le pain est frais. Il y a de la confiture. Un fruit. Du bruit. Manger sans rien avoir fait pour manger. Comme les enfants. Comme quand nous vivions ensemble. Ne pas penser à Myriam. Manger un repas que l'on a préparé pour moi me donne une sensation de douceur. Un matin moelleux. Une quinzaine de grandes tables, une vingtaine d'hommes. Vieux trainings troués, odeurs de nuit ; des mal rasés, un costume-cravate sans mallette en cuir, quelques jeunes au bout d'un portable ou branchés à des écouteurs, un sportif qui parle tout seul, deux Africains qui discutent fort. Je ne ressemble pas à ces hommes, mais je mange le même pain dans le même réfectoire, sans avoir rien fait pour le mériter. L'homme qui est à ma table sent tellement mauvais que j'ai l'impression que mon café a son odeur. Je dois vider mon plateau. C'est tout. Des hommes prennent les piles d'assiettes, les tasses, les couverts, et font la vaisselle. Trois hommes à la vaisselle, deux à nettoyer les tables, trois au self, environ quatre à la cuisine. Une douzaine d'hommes travaillent pour que je me laisse faire. Je dois juste manger, vider mon plateau, profiter de l'instant. Comme un enfant sur qui l'on veille. Comme quand Myriam m'aimait.

Ascenseur. Deuxième étage. Bureau « Sabrina ».

— Les quatre étages sont les mêmes. Salon. Douches. Toilettes. Cinq chambres de quatre personnes, neuf chambres individuelles. Les chambres individuelles, c'est pour ceux qui ont un emploi, pour ceux qui reprennent des études. Laissez-moi deux minutes, je donne un coup de fil et je vous montre votre chambre.

Il y a des sans-abri qui ont un emploi ? Des sans-abri qui font des études ? Je suis quoi, moi ? Un sans-abri sans emploi ni diplôme ni famille. Un sans rien de 68 ans. Chambre commune pour sans-emploi. La dernière chambre commune où j'ai été bien, c'était avec Myriam. Avec des hommes ? J'ai partagé l'une ou l'autre fois une chambre d'hôtel avec un collègue. Des tentes avec des scouts. Des dortoirs pendant un voyage scolaire. Trois semaines dans une cellule. C'est cela qui m'attend. Rien à voir avec les scouts et les copains, encore moins avec la vie conjugale. Je vais me retrouver comme en préventive, avec trois inconnus pisseux et sales, des péteurs nocturnes, des asociaux au langage ordurier, des immatures et des irresponsables, des assistés. Une cellule pour sans-emploi. Je n'ai pas envie de partager une chambre avec trois hommes comme ceux que j'ai vus au réfectoire. Je ne suis pas comme eux. J'ai envie d'être seul. Ne pas parler. Je n'ai pas besoin des autres. Et je n'ai rien à leur apporter. Je suis devenu seul. Je suis devenu un homme seul et cela me convient. Être avec d'autres demande un effort et je n'ai pas d'énergie pour cet effort-là. Je veux garder mon énergie pour trouver un travail. Sortir de ce lieu où je n'ai pas ma place. Redevenir seul. Je n'ai pas envie de voir les autres dormir. De me brosser les dents devant eux ou de traverser la chambre en pyjama sous leurs yeux. Je n'avais rien à faire en prison et je n'ai rien à faire ici. Un employeur qui fait faillite n'est pas une faute. Je ne suis pas un puni. Je suis un sans-emploi qui a trouvé un abri. Une chose à la fois. Un toit. Un toit, puis un travail, puis un vrai toit. Une chose à la fois.

— Venez, Jacques. On va voir votre chambre.

— Mmm…

— Je vais demander à quelqu'un de l'équipe d'accueil de vous faire faire le tour des bâtiments. Normalement, c'est moi qui guide les nouveaux à leur arrivée, mais j'ai une réunion. Demain, je vous présenterai le directeur de l'insertion. Il verra avec vous à quel poste de travail il peut vous placer.

— Un poste de travail ?

— Vous vous rappelez ? Je vous ai dit, hier, que cela faisait partie du projet d'accueil, ici. Chaque résident preste vingt-huit heures de bénévolat par semaine. C'est important de retrouver un rythme, des horaires. De se sentir « utile ». On verra cela demain, ne vous inquiétez pas. Aujourd'hui, je vais analyser votre situation financière avec ma collègue, comme cela on aura tout ce qu'il faut pour mettre la guidance financière en route. De toute façon, on a une semaine pour tout mettre en place. D'ici là, reposez-vous, découvrez les lieux. Une chose à la fois. Je sais que ce n'est pas facile.

Sabrina sait que ce n'est pas facile. Je regarde les fauteuils du salon, je ne serai jamais capable de m'asseoir sur ces taches, ces cuirs défoncés, gluants de misère et de crasse. Je sens que le petit-déjeuner ne passe pas.

— Vous avez les vingt-cinq euros de caution ?

— Une caution ?

— Je vous ai dit hier que nous pouvions fournir un oreiller, des draps, une couverture et un cadenas pour le placard. Il faut juste une caution de vingt-cinq euros.

— Je ne les ai pas. Je touche ma pension dans une semaine, je vous les donnerai.

— On va faire comme ça. Vous avez une trousse de toilette ?

— Oui.

— Sinon, on en donne une. Il y a des arrivants qui n'en ont pas.

Je suis un arrivant qui a une trousse de toilette. Je peux me priver d'un repas, mais pas de dentifrice. Impossible de commencer ma journée sans me raser. La couverture a l'air propre. Les draps sont amidonnés, repassés. Si cela continue, je vais découvrir une chambre avec quatre lits design et moquette épaisse, gris anthracite. Il y a trois étiquettes sur la porte. Momo. Ramon. Filleul. Bientôt « Jacques ». La porte donne sur un étroit couloir en sapin naturel vernis. Quatre portes de saloon version suédoise. On dirait des box pour chevaux.

— Voilà votre chambre. Je… je suis désolée. Elle aurait dû être nettoyée. Vraiment, je suis désolée. Je vais voir avec l'équipe d'entretien. Laissez votre sac dans mon bureau, il sera en sécurité. Dans une heure, votre chambre sera en ordre.

— Filleul ?

— Mmm ?

— Ce n'est pas toi qui devais faire les chambres libérées ?

Ici, ce ne sont pas les innocents qui sont libérés, mais les chambres.

— J'ai dit au chef que je ne me sentais pas bien, Sabrina. Il m'a laissé la matinée. Franchement, j'ai l'impression que je plonge. Tout remonte. Ça m'aspire. Tu comprends ? Je n'ai pas la force. Tu crois que je peux voir le psychologue aujourd'hui ?

— Je vais l'appeler. Je te dirai quoi. Bon, désolée, Jacques, je vais arranger ça. Filleul, il y a quelqu'un de votre chambre qui travaille à l'accueil pour l'instant ?

— Je ne sais même plus penser, Sabrina. Pitié. Demande à Momo, il sait tout. D'ailleurs oui, il est à l'accueil.

— Ne vous tracassez pas, Sabrina. Je vais faire un tour, ça me fera du bien. On peut sortir ?

— Bien sûr. Ce n'est pas une prison. Et ne vous inquiétez pas, dans une heure tout sera en ordre dans la chambre.

Il en était sûr : le vieux est là. Le voilà qui sort. Il va faire son tour du pâté. C'est le moment de faire connaissance sans être entouré de toute cette faune. Momo va s'en griller une sur l'escalier. Le vieux ne pourra pas l'éviter en rentrant. Les nouveaux ne vont pas très loin, les premiers jours. Comme s'ils apprivoisaient le quartier. Les chats pissent pour marquer leur territoire, les nouveaux marchent pour tracer le quartier de leur honte. Ils vont arpenter mille fois des rues qu'ils éviteront à jamais, s'ils sortent du merdier. Parce qu'on en sort. Ça arrive. Momo en a déjà vu qu'on ne revoyait pas. Pas ceux qui se trouvent un studio dans le coin ni ceux qui reviennent bénévoler. Pas ceux qui s'installent chez une fille ou s'en vont à grands pas, sourire radieux, après avoir souhaité bonne chance à tous les autres, bourrés de projets et de décisions inébranlables, persuadés que cette fois c'est la bonne. Pour ceux-là, les radieux, Momo prend les paris. Ceux qui ne reviennent pas, c'est ceux qui ont eu un tilt. Un électrochoc de déchéance sociale. Ils passent les premières semaines prostrés. Les travailleurs sociaux mettent le paquet, ils craignent le pire, comme si le suicide était le pire. Et puis ils ont une sœur, une mère ou un cousin qui débarque, avec des solutions et de l'amour plein les poches. Ils ont eu du mal à le retrouver. Il a fallu faire le tour des hôpitaux, des bureaux de police et tout le tintouin, mais il est là, ça y est, *viens t'installer chez nous le temps de te retourner*. Heureusement, le gars est encore prostré. Accablé de lui-même. Hors de question qu'il devienne un poids. Mais il n'est plus seul. Et ça, les travailleurs sociaux le savent, maintenant. Ils vont reconstruire avec lui. L'aider à renouer les liens sociaux. Voilà ce qu'il faut, des liens sociaux. Momo le sait. Il le sait mieux que personne. Lui, les liens sociaux, justement, c'est les travailleurs sociaux, les paumés, les gars qui tournent. Ce sont eux, sa famille. Depuis toujours. Faut pas s'étonner qu'il soit si épanoui. Il est comme qui dirait chez lui. Dans son élément. Dans le bénitier originel, s'il se laissait aller à une métaphore psychanalytique à deux balles, où son père l'a déposé. Il est né, et on s'est occupé de lui.

Quand on y pense, Momo sait faire tout ce qu'il faut dans une maison. Il sait faire tout ce qu'un être autonome doit faire, mais en morceaux. La liste est longue : repasser, faire des courses, cuisiner, faire la vaisselle, nettoyer (même les vitres !), trouver de l'argent, faire son lit, cirer ses godasses et tout le tralala. Mais on lui mettrait tout en vrac dans une journée, il aurait le cerveau qui crépiterait. Les gosses qui ont une mère, ils la voient faire tout ça dans la journée. Momo a vu des femmes de ménage, des cuisinières, il a été de corvée vaisselle, désherbage et tout ce qu'on trouve sur le marché des corvées de la vie en collectivité. Mais il n'a jamais vu quelqu'un faire de tout en une journée. Évidemment, quand il lâche ça à Sabrina juste au moment où elle doit aller chercher ses enfants à la crèche avant de faire le souper, les lessives et le reste, elle la trouve mauvaise. Mais elle la boucle. Pas le temps d'entamer une discussion avec Momo. Personne ne prend le risque d'entamer une discussion avec Momo. On évite, on se tire, même si on sait que la discussion nous tombera dessus avant la fin de la journée. C'est le problème, avec les hyperactifs prolixes. Et c'est pour ça que Momo aime bien les nouveaux. Et qu'on le met à l'accueil plus qu'à son tour.

— Vous êtes nouveau ?
— Mmm.
— Vous voulez une cigarette ?
— J'ai arrêté.
— À cause des tunes ? Vous faites pas de bile, je les ai gratuites. Je m'appelle Momo. Je suis à l'accueil. Si vous voulez des renseignements, des tuyaux, une visite guidée, je suis votre homme.
— Je pense que je suis dans votre chambre.
— Génial. C'est une bonne chambre. Au moins ils se lavent. Enfin, moi, Ramon et Filleul, on se lave. C'est pas comme l'autre, une infection. À force, ils l'ont envoyé à l'hosto.
— Parce qu'il ne se lavait pas ?
— Au début, ils ont laissé faire, mais ça sentait la mort. Le gars, il venait de dix mois dans la rue. La journée, il était encore calme, mais la nuit, dès qu'il y avait un bruit, il se mettait à trembler et toutes les alcôves tremblaient. Fallait jamais le regarder dans les yeux et tout ça. Jamais le toucher ni lui parler. Avant-hier, ils ont fait venir une

infirmière pour le laver. Fallait agir. Il paraît que ce qu'elle a trouvé dans ses godasses, elle n'avait jamais vu pire. Et pourtant elle en voit, je peux vous dire. C'est pas un boulot pour une femme, les toilettes des gens de la rue. D'ailleurs, il l'a collée au mur. Filleul a trouvé le bruit bizarre, il a cru que le gars allait la sauter et il a regardé au-dessus de la cloison, ce petit salopard. Encore bien. Après, ça a été l'ambulance et le grand cirque. Filleul en profite pour nous remixer une dépression express, mais il n'est pas méchant. Ramon, c'est un gentil aussi. Il ne vous fera pas de problème. J'espère que vous avez un bon sommeil, cela dit. Il ne dort pas toute la nuit, mais quand il dort, c'est le moteur du paquebot qui se met en route, on peut pas mieux décrire. Et moi, je connais tout et tout le monde ici. Ça peut servir. Alors, vous voulez une cigarette ?

— Non, merci. Je vais voir si ma chambre est prête.

— C'est une alcôve.

— O.K.

— Vous voulez un coup de main ?

— Je n'ai pas besoin d'aide.

— On a tous besoin d'aide, ici.

— Mmm… Filleul, c'est son vrai nom ?

— Ouais. Filleul Royal. Ils auraient mieux fait d'écrire Pas de Chance, sur sa carte d'identité. Moi c'est Momo.

Si le vieux lui demande son nom de famille, il lui dira Kipling. Comme les sacs et le livre de la jungle. Momo Kipling. Mais il ne demandera rien. Tout le monde sait bien que quand on est ici, côté famille, c'est pas la gloire. Y a des questions qui remuent des couteaux, on les évite. Ça va ? Tu as bien dormi ? Tu fais quoi aujourd'hui ? Et ta femme ? Des questions simples, à ne jamais poser à ceux de la résidence. Bon, assez rigolé, il est temps de reprendre son poste à l'accueil. C'est quoi toutes ces caisses ? Sapristi. Des œufs en chocolat. Des milliers d'œufs en chocolat et on est fin mai. Qu'est-ce qu'ils croient, les généreux supermarchés ? Qu'on va fêter Pâques pour oublier la fête des pères ? Qu'on a gardé une âme d'enfant, sinon on se débrouillerait mieux dans la vie ?

— Allo, chef ? C'est Momo de l'accueil. On vient de nous déposer des œufs en chocolat, je vous jure. Périmés dans quinze jours, oui. Pitié, chef, ne les servez pas comme ça, pensez aux gars qui ne se sont pas encore remis d'avoir vu leurs gosses les mains vides il a un mois. Faites-nous une mousse au chocolat géante, ouais, bonne idée. Si vous voulez, j'enlève les emballages pendant mes heures d'accueil !

Et zou, Carpaccio a filé. Merci, de rien, c'était un plaisir.

J'ai l'alcôve avec fenêtre. Vue sur la cour où des hommes vont et viennent, déchargent des voitures. Il y a ceux qui déchargent et ceux qui trient. Vêtements, meubles, téléviseurs, réfrigérateurs, livres, vélos… Quand la voiture est déchargée, ils s'asseyent, fument, attendent la suivante. Un gars fait les cent pas, il n'a pas l'air concerné. Tout est en sapin vernis : les parois de l'alcôve, la planche étagère, l'armoire, le lit. J'ai un nouveau matelas. Le précédent était dans un état trop grave, paraît-il. C'est propre. Disons plutôt que les taches qui ne sont pas indélébiles sont parties. J'ai reçu un cadenas pour l'armoire. Sabrina me conseille de ne rien laisser traîner. Deux pyjamas, trois slips, une tenue de rechange, ma farde de curriculum vitae, notre livret de mariage, mon réveil sans piles, une photo des enfants qui a environ trente ans, Laura venait de naître. Une planche à pain, un bol, quelques couverts… pas envie de vider le reste de mon sac. Je ne vais pas rester ici. Pas longtemps. Je ne veux pas m'installer. Je veux un peu de silence. Ne pas devoir marcher, encore et encore. De l'autre côté de la paroi, un homme pleure. Depuis quand n'ai-je pas pleuré ? Je ne me souviens pas avoir pleuré. Contrairement à ce que je craignais, nous sommes isolés visuellement. Pour ce qui est de l'acoustique et des odeurs, nous allons tout partager.

— Mets-là en sourdine, Filleul. Je viens de bosser quatre heures en atelier, ma tête va exploser.
— Désolé, Ramon, sur la tête de ma mère, je suis désolé. Si Dieu me vient en aide, je vais me reprendre, Ramon, sur la
— C'est bon, je vais voir ailleurs…

Ramon irait bien se prendre une petite bière, pour souffler. C'est vrai, quoi. Déjà qu'il travaille pour rien, en plus, quand il veut se reposer, il y a cette lavette qui n'arrête pas de pleurnicher. Bon, allez, juste une chez Maurice. On ne pourra pas dire qu'il n'a pas essayé de la postposer. Ramon aime bien l'atelier. Avant, il était à l'entretien du linge, il détestait. Il n'a pas traversé tous les enfers des carrossiers pour se retrouver à repasser des tabliers. C'est pas un boulot pour un homme, le repassage. Ils n'ont qu'à y mettre Filleul. S'il s'occupait, le petit, il aurait moins le temps de broyer ses malheurs en rond. Transporter des meubles, les réparer, ça lui convient mieux. Ce qui est fatigant, dans le boulot, c'est pas pour les muscles, de ce côté Ramon n'a pas à se plaindre, il est bâti comme un taureau. C'est le chef qui le pompe. Avant, c'était Bigleux, mais il a déniché un vrai boulot, il a quitté la résidence, et on n'a pas trouvé mieux que Fabio pour le remplacer. Fabio, c'est un bénévole payé. Il vient quatre jours semaine, il rentre chez sa nana qu'il a sûrement gagnée à la traite des blanches et il a toujours besoin de crier pour parler. C'est un bon chef, ça oui. Mais il crie et il est de l'Est. C'est plus fort que lui, Ramon ne fait pas confiance à ceux de l'Est. Si ça se trouve, Fabio, il reçoit son chômage, son CPAS, une pension pour les asiles politiques et une autre pour un soi-disant enfant handicapé, tout ça en plus de son salaire de bénévole et du boulot de sa nana. D'ailleurs c'est bien simple, quand il a vu qu'on leur mettait Fabio, il en a eu les sangs retournés rien qu'à l'idée, il a pris son quart d'heure chez Maurice. D'habitude, il ne prend pas de bière avant 11 h. Mais faut pas trop lui en demander. En plus, quand il a une bière en tête, ça se voit. Ses mains tremblent. Allez remonter une garde-robe chevillée avec les mains qui tremblent ! Non, le mieux c'est d'en prendre une, ni vu ni connu. À la limite, s'il n'en prend pas, on va encore lui dire qu'il s'est remis à boire.

— Salut Ramon, t'as vu le nouveau ?
— Non. Je vais faire le tour du pâté.
— Pas plus qu'une, Ramon, hein ?
— Laisse-moi Momo, t'es pas mon putain de père ! Reprends des études, si t'as que ça à faire.

Momo laisse filer. Il ne va pas se mettre en rogne pour si peu. D'ailleurs, quand Ramon reviendra, il sera tout gentil. Le besoin d'alcool, ça rend super susceptible, faut vraiment pas mettre un point à la place d'une virgule sinon ils ont le sang qui leur monte aux yeux. Lui, tout ce qu'il veut, c'est aider Ramon. L'aider à tenir. À battre son record de stabilité institutionnelle. Il se dit qu'il faut d'abord qu'il retrouve une bonne image de lui-même, s'il veut dégoter un emploi. Et comment retrouver une bonne image de soi quand on ne dépasse pas deux jours de sevrage, quand on se fait jeter hors des lieux d'accueil parce qu'on file à 1500 km dans le Sud pour dire bon anniversaire à la mamma en rompant son contrat de projet d'avenir en moins de temps qu'il n'en faut pour le rédiger ? Là, ça fait six mois. Momo a ouvert les paris pour douze. Record absolu de Ramon. Mais faut faire des concessions. Ne pas exiger l'abstinence, par exemple. Quand l'équipe aura compris cela et arrêtera de lui faire des blâmes à tire-larigot, on pourra peut-être stabiliser le fils prodigue de Notre-Dame de la Magdalena. En attendant, Momo gère la situation avec les moyens du bord et son savoir empirique. Autrement dit, tant que personne ne voit que Ramon picole, tant qu'il ne se trouve pas un emploi qu'il lâchera à cause d'une crise d'angoisse dès la signature d'un contrat de location, on a une chance de tenir les six mois qui restent. Les paris sont à 128 cigarettes à ce jour. Ce n'est pas rien. Mais ce n'est pas pour cela que Momo a envie d'aider Ramon. C'est son naturel, à Momo, d'aider son prochain. Un juste retour des choses, se dit-il parfois. Et pour ce qui est des cigarettes, les paris sont une couverture. Un gars qui parie des cigarettes n'a pas d'argent. Il n'attire pas l'attention. On lui fiche la paix pour ses petits trafics, même si les affaires sont moins florissantes que quand il dealait dans la résidence. En ce temps-là, il se faisait un salaire mensuel de travailleur social chaque semaine en bossant deux heures par jour. Une demi-heure dedans, le reste dans les quartiers où on savait qu'on pouvait le trouver. Il revenait à l'accueil avec des tunes qui lui sortaient par les oreilles. C'est pas tout ça, les œufs en chocolat sont déballés et c'est l'heure du repas.

— Je t'attendais, Ramon, on va essayer de manger avec le nouveau. Je te préviens, il est pas très causant.

— Ça va pas faire de mal.

Notes de service, par Sabrina.

Mowgli

Momo est ici depuis huit mois. Il souhaite revoir son contrat (pour la sixième fois !!!). Il nous demande d'envisager la possibilité de devenir « bénévole-salarié », je cite. Il dit que nous sommes sa famille, son ancrage dans un monde trop compliqué pour lui, trop rude. Alors qu'ici, il est très utile, même si nous ne voyons pas tout ce qu'il fait. Il dit que ce qui compte pour lui, ce n'est pas le salaire, mais le poste et la stabilité d'emploi. « Qu'on arrête de me faire tourner en bourrique d'un endroit à l'autre. » Je ne sais pas travailler convenablement avec Momo, il me fait craquer ! D'une certaine manière il a raison. Avec sa logique à lui, d'accord. Finalement, il m'embobine. APPEL À L'ÉQUIPE !!!

Samuel : On en est tous là avec lui, courage, Sab !

Monique : C'est chaque fois pareil !

Ludo : Je l'ai connu dans le centre où je travaillais avant, c'était la même chose. Mais il est plus épanoui ici.

Sabrina : Et vous proposez quoi ?

Monique : Réunion avec le boss !

Samuel : Laissons filer, il emmerde personne et il donne des coups de main partout, faut l'avouer.

Ludo : Voyons quoi après l'été, non ?

Sabrina : Merci les gars, on ne peut pas dire que vous m'aidez !

Je suis épuisé. La nuit à l'aéroport, cette journée remplie de gens… J'ai un abri. Il faut que je trouve un autre endroit au plus vite. Pas question de me domicilier dans ce lieu. Domicile ? La résidence. Rue Notre-Dame, 5000 Namur. Chambre de Momo, Ramon et Filleul Royal. Pas question. J'ai un bon matelas. La nourriture est correcte. Je crois que mon estomac apprécie les aliments cuits, après ces semaines de crudités. Les gens sont gentils. Accueillants. Finalement, j'ai dû voir l'assistante sociale cette après-midi. Elle ne voulait pas croire que je n'avais pas de dettes. Sabrina était là. Un peu méfiante, selon moi. *Je pensais que j'allais retrouver rapidement du travail. J'ai d'abord utilisé ce que j'avais de côté, pas grand-chose, en réalité. Quand j'ai vidé la réserve, j'ai arrêté d'acheter le journal, les vêtements, le superflu. J'ai vécu avec ce que j'avais. Je veillais juste à garder une tenue convenable pour aller me présenter aux employeurs. Puis j'ai fait couper le gaz. Je pouvais me débrouiller sans. Quand j'ai reçu la taxe pour les immondices, moi qui ne jetais plus rien, j'ai fait couper l'électricité. Quand j'ai compris que je ne pourrais pas payer le loyer suivant à cause des impôts, parce que je devais payer pour les impôts de l'année précédente, j'ai dit à la propriétaire que je renonçais au bail. J'ai expliqué la situation. Elle avait quelqu'un d'autre et elle a accepté de ne pas me réclamer les trois mois de préavis. Et je suis venu ici. Je n'ai jamais eu de dettes de ma vie.*

L'assistante sociale a fait le calcul. C'est eux qui touchent ma pension. Ils en gardent 450 € pour l'hébergement. Elle me propose 80 € d'argent de poche, et 200 € que j'épargnerais chaque mois jusqu'au moment où je trouverai un nouveau logement. Je n'aime pas qu'ils gèrent mon argent. Je me suis toujours débrouillé. Je n'ai besoin de personne. Mais c'est le règlement. *Et cette tutelle dure combien de temps ? – Le temps de votre séjour. – O.K.* Économiser 200 € par mois. Je n'ai jamais fait cela. On dirait un enfant qui remplit sa tirelire. Les enfants ne travaillent pas pour avoir un toit. Je suis redevenu un enfant. Je vais remplir ma tirelire pour me payer un toit.

— Momo, t'as bientôt fini ?

— J'ai besoin de ça pour m'endormir, tu sais bien que j'ai du mal à trouver le sommeil.

— Et comment tu veux que je dorme en t'entendant te branler pendant des heures ?

C'était donc ça, ce bruit. Moi, depuis que Myriam a porté plainte, il n'y a plus rien qui bouge. Ne pas penser à Myriam et Laura. Couic. Coupé. Je peux tirer, secouer comme je veux, Popol est mort. Condamné par une femme qui ne m'aimait plus et voulait se garantir la garde des enfants. Ne pas penser à tout ça.

— T'es jaloux parce que les antidépresseurs te la ramollissent ? Je suis jeune, mec, j'ai trop de sève et pas une fille dans les bras, je me débrouille avec les moyens du bord. Si t'en faisais autant, t'aurais peut-être pas besoin de te suicider toutes les semaines ! Tu sais que ça fait antidépresseur, de jouir ? Si tu le fais au moins trois fois par semaine, tu vis plus vieux et plus heureux, c'est prouvé scientifiquement.

— Tu veux vivre vieux, dans un monde comme ça ?

— J'ai que celui-là. Bon, laisse-moi finir tranquille !

Je le sens jusqu'ici. Nom d'un chien. Depuis combien de temps je n'ai pas senti l'odeur du sperme ? Ce petit Marocain est complètement envahissant, collant et, pourtant, il me touche. Depuis combien de temps n'ai-je pas été touché par un être humain ? Lui, c'est vraiment un enfant. Déguisé en adulte. Il est bouillonnant de vie comme j'étais bouillonnant de travail.

— Ramon, va faire un tour le temps que je m'endorme ! Faut pas s'étonner que je déprime si je ne peux pas dormir à cause d'une course-relais de colocataires qui se branlent et qui ronflent toute la nuit. Que Dieu me vienne en aide ! Et vous, le nouveau, vous proposez quoi au triathlon ?

— Laisse Carpaccio hors de tes crises de victimisation chroniques !

— Je vais faire le tour du pâté, Filleul, le temps que tu t'endormes.

— Rien qu'une, Ramon, hein ?

— Fais chier.

— Je t'accompagne. Faut que je m'en grille une.

— Désolé, Carpaccio. Je ne voulais pas vous choquer, sur la tête de ma mère.

— Je m'appelle Jacques.

— Je sais. C'est Momo qui donne les surnoms ici.

— C'est lui qui vous a appelé Filleul ?

— Non, c'est ma mère.

Je n'aurais pas dû lui poser la moindre question. C'est comme si j'avais poussé sur un bouton. Il n'arrête pas de parler depuis. Je sais déjà qu'il aurait dû être le filleul du roi. Il était le septième fils, mais il est né à Kinshasa et le bourgmestre a chipoté. Le bourgmestre a en outre trouvé des irrégularités dans les comptes de son père et il n'a pas été accepté comme filleul du roi. Normalement il devait naître à Sainte-Élisabeth, mais l'avion a eu du retard et tout est comme ça dans sa vie : une série infinie de complications. Comme sa mère était sûre qu'il serait un fils et qu'il serait le filleul du roi, elle l'a appelé Filleul Royal. Je ne vais pas faire la liste des misères de cet homme mais, quand elles ont atteint leur apogée, Baudouin est mort, comme par hasard. Il y a vu un signe de Dieu. Il a refait sa demande à Albert, mais Albert ne prenait pas les filleuls de son frère. Filleul avait placé tous ses espoirs dans ce parrainage. Il voulait mériter et justifier son nom, mais surtout, il espérait que ce parrainage comportait une petite enveloppe qui l'aurait aidé à garder la tête hors de l'eau. Je l'écoute, je zappe dans son discours larmoyant. Qu'a-t-il vécu de si dur ? De quoi souffre-t-il tant ? Il souffre de souffrance ? Et moi ? De quoi je souffre ? Je ne souffre pas. J'ai envie de dormir, mais je ne dormirai que quand il se taira.

— Je descends. Essayez de vous reposer, vous vous sentirez mieux après.

— Ça m'étonnerait, mais merci. Dieu en est témoin, vous êtes un homme bon.

— Finalement, je veux bien une cigarette…

— Vous n'êtes pas le premier à recommencer à cause de Filleul.

— Pourquoi « Carpaccio » ?

— Vous êtes si maigre qu'on pourrait vous cuire avec un filet de citron. Vous tracassez pas pour Filleul, il est comme ça. À croire qu'il a une imagination débordante pour ce qui est de s'apitoyer. Je ne crois pas qu'il est malheureux. Il a besoin de l'être, vous pigez ? Il manque de malheur et ça le fait flipper. Regardez, moi. J'en ai une, de liste de malheurs. Eh bien non, je suis heureux. Le bonheur ne se fait pas à la calculette. Faut dire que j'ai fait un peu de philo et que j'ai failli devenir psy, c'est ça qui me permet de prendre distance et de réfléchir aux choses. Et vous, vous étiez dans quoi ?

— Je suis dans l'informatique.

— Si vous êtes ici, vous êtes surtout dans la merde. On vous a viré parce que vous étiez dépassé ?

— Mon employeur a fait faillite.

Suis-je dépassé ? Comme mari, j'étais dépassé. Je ne faisais jamais assez, jamais bien. Je n'étais pas à la hauteur. Myriam le disait. Elle disait que j'étais dépassé. Je faisais du surplace, elle avançait, je devenais un boulet. Sans parler du reste. Un jour, la femme que j'aimais a arrêté d'aimer l'homme dépassé que je suis.

— Et vous êtes pensionné ?

— Mmm. Je n'ai pas envie de parler de moi.

— Prenez-en une autre.

— J'ai la tête qui tourne avec la première. Je suis pensionné, mais je cherche du travail. On peut travailler même quand on est pensionné.

— Vous n'avez pas envie de souffler ? De prendre le temps de vivre ? Les trucs des pensionnés, quoi.

— Non.

— C'est comme moi. Je n'ai jamais envie de m'arrêter. Filleul, il ne pense qu'à ça. Arrêter. Arrêter de souffrir, arrêter de s'en ramasser plein la gueule, arrêter de vivre… C'est son projet individuel d'avenir : mourir. Même pour en finir, il rate tout. Je n'ai jamais vu un gars qui veut se suicider manquer de chance à ce point. L'autre jour, par exemple, vous n'allez pas me croire, Carpaccio, mais j'aurais dû être à l'accueil et il manquait un gars à la cuisine, ça a été pour ma pomme, comme je ne dis jamais non. Je monte par les escaliers, vu que l'ascenseur est occupé et que je n'ai pas que ça à faire que d'attendre des ascenseurs, et sur qui je tombe ? Filleul qui venait de se rater. La corde avait pété la rampe de l'escalier avant de lui écraser la glotte. Authentique. Comme concours de circonstances, avouez que c'est pas de chance.

— Et il ne vous en veut pas de l'avoir sauvé ?

— Il est habitué. Je me dis que quand il voudra vraiment, il se fera admettre dans un centre d'accueil où je ne suis pas. C'est comme si je le sentais venir, vous comprenez ? Comme si mon destin posait son corps prêt à clamser sur ma route au bon moment.

Dans un cas comme celui-là, parle-t-on de sauver la vie ou de sauver la mort ? Un homme s'acharne maladroitement, mais il s'acharne, à mourir. Est-ce possible ? De vouloir cela. De ne pas y arriver.

— On ne l'envoie pas en psychiatrie ?

— C'est pas un vrai dépressif. C'est un plaintif. Prenez ça comme une rhétorique anti-épicurienne.

Un *modus vivendi*. Une forme rare de projet de vie. Mais parfois il est gonflant, c'est sûr.

— Merci pour la cigarette.

Dossier confidentiel, synthèse de la réunion d'équipe, par Sabrina.

Filleul Royal MBoté.

Trois mois après son admission, Filleul en est au même point : pas de projet de sortie, aucune épargne, aucune démarche vers l'extérieur. Aucune stabilité dans les postes bénévoles. Il s'est fait rejeter de l'équipe cuisine, le responsable des ateliers ne le veut plus parce qu'il racontait ses problèmes à qui voulait l'entendre, il se blesse ou bien sombre dans un état dépressif qui le cloue au lit, ou accumule les erreurs et maladresses jusqu'à ce qu'il soit impossible de le maintenir à ce poste. Nous en sommes au quatrième blâme. Lors du dernier, il avait été décidé de lui mettre la pression. Il avait deux semaines pour se ressaisir. Résultat ? Aucun changement. L'équipe est divisée. Entre ceux qui argumentent la cohérence et veulent lui donner son autorisation de sortie et ceux qui pensent que si on le garde encore un peu, il a plus de chances d'avancer, aucune décision n'a été prise si ce n'est celle d'attendre le retour de vacances du boss pour qu'il tranche.

J'ai déjà 600 € d'épargne, mais aucune de mes démarches n'a abouti. Trop vieux, déclassé. Il n'y a pas de travail pour ceux qui sortent des études, ceux qui ont vingt ans de carrière coûtent déjà trop cher, alors moi… Mais je m'accroche. J'élargis le périmètre. Avec ce que je vis ici, je me rends compte qu'il n'est pas important de retrouver un boulot dans l'informatique. Ce qui compte, c'est de retrouver mon autonomie, et donc un travail, quel qu'il soit. Mais d'abord le bénévolat. J'ai commencé comme convoyeur. Avec Manuel, nous allions chercher un meuble, un frigo ou vider un grenier, nous revenions, nous repartions. Physiquement, c'était un peu lourd pour moi. Sabrina a bien compris. Le directeur de l'insertion m'a proposé de rejoindre l'équipe nettoyage. Cela me convenait parfaitement : je me lèverais vers 6 h, je nettoierais le sol et les sanitaires de l'étage et à 9 h je serais libre. Avec tout ce temps devant moi, j'allais pouvoir postuler plus facilement.

Ai-je connu pire, dans la déchéance humaine ? Comment des êtres humains civilisés peuvent-ils être aussi sales ? Momo m'avait prévenu directement. *N'importe quel poste, mais pas celui-là !* Un poste ou un autre, cela m'était égal. Avec les 28 heures par semaine comme convoyeur, et malgré mes limites physiques, je m'étais senti mieux que je ne l'avais été depuis des mois. Je n'étais plus un assisté. Je faisais un travail, en échange de quoi j'avais le gîte et le couvert. Qu'il s'agisse de travailler en atelier, dans un bureau, à la cuisine ou au linge, peu m'importait, tant que l'on ne me laisse pas sur le côté, à compter les heures avant que mon assiette ne se remplisse sans que je n'aie rien fait pour le mériter. *Fais-moi confiance, Carpaccio, refuse ce poste. Toi, tu vois les douches à 7 h, quand elles ont été nettoyées et que tout le monde dort encore, tu ne sais pas imaginer ce que cela donne une heure après. Il y en a qui chient dedans, tu veux bien faire un effort et anticiper un peu ? Tu te vois gratter la merde de ces pouilleux ? Tu te vois ramasser les caleçons abandonnés après trois semaines consécutives de vieux culs diarrhéiques ? Tu te vois remplir les poubelles des préservatifs dégoulinants mélangés aux cheveux, aux vieux tickets de bus et aux spéculoos écrasés ? Sur la tête de la mère de Filleul, Carpaccio, tu ne vas pas tenir deux jours et on va te retrouver dans le même état que ce dépressif à la noix, à te rater trois pendaisons par semaine.*

Non, je ne sais pas anticiper. Je ne vois jamais rien venir. Puis je paie l'addition. À 68 ans, hébergé provisoirement dans une résidence pour sans-abri, sans plus aucun contact avec mes enfants, je n'ai pas envie d'apprendre à anticiper. On me propose un travail qui me permet de garder ma dignité en méritant cet abri provisoire, je le fais. Alors oui, j'ai nettoyé des douches remplies d'excréments, oui, j'ai débouché des lavabos immondes et oui, je puais l'eau de Javel toute la journée après avoir décrassé des urinoirs dont on aurait dit qu'ils n'avaient jamais été nettoyés. Et oui, ces souillures humaines réapparaissaient chaque jour, à croire que certains avait été mandatés par le conseil d'administration, pour les périodes où il y avait davantage de résidents que de postes bénévoles à pourvoir. Selon Momo, je ne tiendrais pas. Il allait voir ce qu'il pouvait faire. Je n'ai rien demandé. Ai-je jamais demandé quelque chose à quelqu'un ? Mais avant que j'aie eu le temps d'être désespéré, comme l'avait anticipé cet expert du système qu'est Momo, il avait réglé la question : Francis devait quitter la résidence dix jours plus tard. Il avait déjà une chambre, un boulot, son épargne, il attendait seulement que les compteurs de gaz et d'électricité soient ouverts. Roger était un vieux de la rue qui y retournerait de toute façon, parce qu'il n'est plus capable de vivre autrement. Pour lui aussi, c'était une question de jours. Momo a payé un poste télé à Francis pour qu'il suscite une dispute avec Roger, suffisamment pour que quelques coups de poing s'échangent. Les bagarres sont interdites ici. En cas de bagarre, tous les protagonistes sont mis dehors sans réunion d'équipe. Francis travaillait au tri, c'est moi qui ai eu sa place.

Je passais cinq heures par jour dans la cour. Parmi les objets que les gens déposent quand leur maison et leur vie débordent d'inutile. Madame vide sa cave, monsieur a rangé la remise, un tel a remplacé les meubles de son salon et un autre change de lave-vaisselle parce que le range-couverts est tordu. Nous trions. Nous faisons un tas avec les livres, un tas avec les meubles, un tas avec les vêtements, un tas avec le matériel de cuisine, etc. Nous recevons chaque jour de quoi équiper complètement trois maisons pour familles nombreuses et remplir les garde-robes de deux orphelinats. Nous trions. D'autres équipes viennent vider les tas, tout au long de la journée. Je croisais parfois Ramon quand il venait chercher des meubles. On se faisait un petit signe, sans un mot.

Dans mon équipe, il y a deux bénévoles extérieurs. Jean-Michel a perdu sa femme il y a deux ans, il venait d'être pensionné. Le médecin lui a dit de s'occuper, de retrouver une raison de se lever le matin, s'il voulait tenir le coup. C'est pour cela qu'il a postulé ici. Du coup, il voit du monde, il complète un peu sa maigre pension avec le défraiement qu'il reçoit, et il a un repas gratuit par jour. L'air de rien, dit-il, si on compte, c'est une belle économie. *Quatre repas gratuits par semaine, si on les fait à 4 euros, ça fait un peu plus de 50 € de gagnés par mois. Tu ajoutes*

6 euros par jour de défraiement, environ 100 par mois, ça commence à compter. Jean-Michel est un homme simple, assez joyeux sans en faire trop. Doué d'une faculté à voir le positif en tout. Il a travaillé toute sa vie comme «fonctionnaire du bas de l'échelle». La maladie de sa femme a aussi emporté leurs maigres économies, *alors faut bien se débrouiller.* Serge n'est pas exactement bénévole. En réalité, c'est un TIG[1]. Il s'est fait prendre à 170 sur une nationale et il doit faire je ne sais pas combien d'heures de travail d'intérêt général. Assez taiseux, discret. Pour ce que j'en sais, il n'a rien dit à sa femme, il a eu du mal à arranger ses horaires au travail. Il a toujours peur qu'un collègue ou un voisin ne débarque avec une remorque et le reconnaisse. Jean-Michel, qui est aussi le responsable de l'équipe, l'a mis au tas «petits meubles», situé plus à l'arrière. D'une manière générale, nous ne parlions pas beaucoup. Tout était simple, et cela me convenait. Chacun avait sa tâche, ses va-et-vient, sa vie blessée. Une sorte de danse d'hommes égarés dans la vie. Entre deux arrivages, nous nous asseyions sur des chaises, nous observions les fenêtres des chambres, j'ai recommencé à fumer. L'inactivité ne me convient pas. Parfois je regardais le tas «matériel informatique» et je m'imaginais dessus, vieux coq aphone, petite chose parmi les petites choses. Ces carcasses dépassées me ressemblaient. Elles et moi avions échoué ici sans avoir

1. T.I.G. Travail d'intérêt général

rien vu venir, après des années à faire notre travail sans penser à rien d'autre qu'à faire ce que nous savions faire. *Putain, Carpaccio, si tu ne te bouges pas les fesses, tu vas t'éteindre ! Fais le compte : calcule le temps que tu passes, sur cinq heures, à attendre une remorque. Multiplie cela par le nombre de jours et les semaines, sans parler des mois, hein ? Si tu restes ici six mois, soit encore trois mois au tri, tu passeras au moins 120 heures assis sur ta chaise à te défoncer les poumons. Crois-moi, l'inactivité, c'est bon pour personne. Regarde Filleul. Faut pas être un spécialiste en informatique pour comprendre ça, hein ?*

C'est comme ça que j'ai commencé à chipoter avec les claviers et les écrans, à séparer les souris et les modems, les tours et les câbles. *Ça t'amuse, de te faire passer pour un obsessionnel ? Et après, quand tu auras tout trié, tu vas tout démonter et ranger les touches de tous les claviers par ordre alphabétique ? Les cartes mémoire par couleur et les fiches USB par paquets de dix ? Je veux bien croire que tu ne trouves plus de boulot !* Je savais faire autre chose, et mieux que ces tris inutiles. Mais on ne me demandait rien d'autre. Décharger, ranger, trier. Et on ne répare pas un ordinateur avec cinq minutes par-ci, cinq autres par-là. C'est ainsi que j'ai commencé à réparer des ordinateurs pendant mes soirées. Je rassemblais les éléments en état de marche des bécanes déclassées, j'en faisais des bécanes utilisables. Je les rangeais sur l'étagère « en ordre ». Jean-Michel m'en a demandé un. Serge se disait que si j'en réparais une vingtaine, il pourrait faire une salle informatique dans son école. J'ai demandé l'autorisation au responsable insertion. C'est comme ça que j'ai arrêté le tri, la cour et, presque, la cigarette.

Dossier confidentiel
Synthèse des trois premiers mois,
par Sabrina.

Jacques De Ridder.

Jacques semble bien adapté au rythme de la maison. Ponctuel, correct, toujours réservé, plutôt solitaire. Aucun problème de comportement à signaler. Le projet de réinsertion est au point mort. Nombreuses démarches, dont il dit peu, mais aucun résultat. Bilan médical parfait. Aucun contact familial. Stabilisation de la situation financière. Après quelques postes bénévoles inadéquats, il a trouvé sa place au tri, et travaille maintenant à la remise en état du matériel informatique (poste qui n'existait pas !). En conséquence, ne pourrait-on pas envisager de créer une nouvelle équipe de travail dont il serait responsable ? Ouvrant ainsi la possibilité d'un bénévolat ultérieur, quand il aura trouvé un logement ? Vous en pensez quoi ? Mettre cette idée à l'ordre du jour de la prochaine réunion ?

— Tu dois y aller plus fort, Ramon !

— Nom de Dieu, Momo, mêle-toi de tes affaires !

— Je dis ça, je dis rien, mais ça me file le bourdon de t'entendre te masturber comme si t'avais la vie devant toi. En plus, si tu veux un conseil, fais ça avant la bibine.

— J'ai cinquante-cinq ans. Ça n'a rien à voir avec la bibine.

— Je te dis que tu dois y aller avec plus de conviction !

— Eh les gars, je peux dormir ou bien vous voulez qu'on se fasse une séance de branlette collective ? Vous ne pensez qu'à ça ? Dites-moi que je rêve ! Et l'intimité, vous connaissez le concept ?

— Je te signale que cela fait des mois qu'on se tape tes états d'âme dans notre intimité, Filleul. À choisir, je préfère encore écouter Ramon se branler comme un gamin de dix ans.

— Madre de Dios, j'ai ma dose, je vais faire un tour.

On pourrait se demander pourquoi un gars jeune, dynamique et bourré d'idées comme Momo ne travaille pas. Le manque de diplômes ? Des tas de gens sans diplôme font carrière. La chronicisation de l'assistanat et sa forme de sécurité financière qui, si elle ne permet pas de s'enrichir, garantit néanmoins le minimum vital avec argent de poche hebdomadaire ? On pourrait le croire. D'autant que personne ne sait que Momo a de l'argent de côté. Un pari par-ci, un électroménager tombé du camion par-là, quelques saisons juteuses à vendre de l'herbe à des *zyperactifs* dans son genre, la petite vieille pour qui il faisait les courses depuis sa *trombosse*, l'un dans l'autre, Momo a un beau petit magot. Pas en banque, évidemment. Faut pas chercher les problèmes. Pas de quoi crier richesse non plus. Simplement, quand il a dépensé pour ses besoins et qu'il reste des sous, il les planque. On pourrait penser qu'il est simplement un assisté qui se débrouille bien. Mais Momo a une autre vision des choses. Selon lui, la société est une grande machine composée de plusieurs éléments indispensables à son fonctionnement. Ceux qui ont un travail salarié paient leurs impôts pour que ceux qui n'en ont pas puissent s'en sortir. Ceux qui ne travaillent pas ont du temps pour combler les petits trous dans le tissu social, trous que les salariés ne prennent pas le temps de raccommoder tant ils sont occupés à rembourser les traites de leur maison, à creuser une piscine pour les enfants et à réfléchir à la couleur de leur nouvelle voiture.

Il y a les abrités, les abritants, les sans-abri. Il y a ceux qui sont tombés dans un trou du tissu social, et ceux qui les ramassent. Il y a ceux de la rue qui ne savent plus exister ailleurs et ceux de la rue qui ne savent pas comment échapper à la rue. Et ainsi de suite. La machine-société est composée d'une infinité d'éléments. On ne choisit pas quelle pièce on est, mais cela a une incidence sur la partie de la machine dans laquelle on passe sa vie. Abandonné dans un bénitier, Momo a eu un destin tout tracé. Orphelinat, internats, un parcours en institution qu'aucune adoption, aucun fait de délinquance avéré n'ont interrompu. Trente années qui font de lui un spécialiste des trous du tissu qu'il voit se transformer en filet quand il se met à dresser ses statistiques personnelles. Un annuaire social sur pattes. Il est devenu un rouage indispensable. Entre ceux qui vont bien et ceux qui n'iront plus jamais bien, il y a ceux qui vont de bien à mal en passant par l'institution où ils se trouvent. Et c'est là qu'est sa place, son rôle dans l'univers. Il est là pour que ceux qui traversent un sale quart d'heure dans leur chienne de vie ne piquent pas du nez. Il sait bien qu'il y des travailleurs sociaux pour cela. Momo ne veut en aucun cas usurper une place qui n'est pas la sienne, non. Mais lui, il est un gars du terrain, un vieux routard. Un autochtone. Un natif. Ce n'est pas qu'il trouve tout de suite les solutions. Mais il sent les ondes, certaines du moins. Quand les ondes au sujet d'une personne commencent à s'accumuler, son cerveau crépite.

Et il sait alors ce qu'il faut faire pour que la personne passe de l'aller mal vers l'aller bien. Il peut faire quelque chose pour qu'un pote retourne dans l'élément de la machine sociale qui est le sien. La petite vieille par exemple. Cela faisait des jours et des jours qu'elle débarquait à l'accueil de la résidence, comme par hasard quand Momo était de piquet. Chaque fois, elle racontait qu'elle avait fait une *trombosse* et que, depuis, elle ne retrouvait plus son chemin pour aller au magasin. Pendant quelques jours, Momo lui a répété le chemin. Puis il l'a accompagnée. Puis il a compris qu'elle était assez mal en point pour filer en institution, mais que c'était exactement le truc qui l'achèverait. Et il a fait ses courses. Sur ses temps de pause, il allait voir si tout allait bien dans la répétition infinie de ses journées déboussolées. Elle a fini par mourir, bien sûr, mais tranquillement, chez elle. Elle était encore un peu chaude quand Momo l'a découverte. Pas comme ces vieux qu'on retrouve trois semaines plus tard dévorés par leur caniche.

Ça fait quelques jours que ça lui crépite dans la tête au sujet de Ramon. Et deux jours qu'il a trouvé la solution. Deux jours pour mettre tout en place. Il a dû y aller un peu fort pour que Ramon aille faire un tour ce soir, mais on n'a rien sans rien. Ce soir, Ramon va rencontrer Lucia. Il va sortir pour aller prendre une bière en jurant contre ce petit con de demi-bounioul, puis Lucia, Espagnole pure souche, va coincer son talon aiguille entre deux pavés et Ramon va tomber amoureux. Il va arrêter de boire pour être à la hauteur du tempérament méditerranéen de ce cadeau tombé du ciel, trouver du boulot histoire d'assurer le reste des besoins de sa belle et, avec un peu de chance, à Noël, il va la présenter à sa mère qui pourra enfin mourir tranquille. Pour Filleul, Momo n'a pas encore le cerveau qui crépite. Ça lui plombe les ondes, les plaintifs. Pour Carpaccio, il a déjà fait pas mal, mais il sent bien que le boulot n'est pas fini. Ça crépite encore. Faut dire qu'avec les décrochés, ce n'est pas simple. Il en a déjà laissé tomber plus d'un, en désespoir de cause. Mais il n'arrive pas à laisser tomber Carpaccio. À se demander quoi. À se demander si Carpaccio est un vrai décroché ou si les ondes ne lui indiquent pas autre chose. Toujours est-il que ça crépite. Avec le clignotant danger. C'est ça. Carpaccio est en danger, Momo le jurerait sur la tête de la mère de Filleul.

— C'est Ludovic. Je peux entrer ? Ramon ? Je peux entrer ?

Manquait plus que ça. Manquait plus que ça qu'on cherche Ramon au moment précis où il va rencontrer Lucia. Il passe la moitié de ses nuits depuis neuf mois à picoler sans que personne n'y voie rien, mais c'est aujourd'hui qu'on le cherche.

— Entrez, Ludovic.
— Bonsoir Jacques. Où est Ramon ?

— Je vais le chercher, si vous voulez, il doit être dans un salon ou un autre.

— Merci Jacques. Il va avoir besoin de vous tous. Je dois lui annoncer que sa mère est morte.

Dans l'instant, Filleul a oublié toutes les horreurs de sa vie, Momo a su que Lucia arrivait deux semaines trop tard et Jacques a enfilé son blouson sur son pyjama défoncé. Pour tous les trois, l'avenir de Ramon apparaissait clairement à l'écran : noyade en bibine, même plus la force de se torcher le cul avec les pages du bottin social. Aucun d'eux n'a pensé qu'à partir de ce jour le sexe de Ramon n'aurait plus la consistance d'un lobe d'oreille.

Note de service, par Ludovic.

Ramon Crespo.

La mère de Ramon est décédée. Impossible de le lui dire avant ce matin, il n'est pas rentré de la nuit. Vu les circonstances, je propose de ne pas le convoquer pour un blâme. Je pense que cela va déjà être assez déstabilisant pour lui (et donc pour nous !). On va l'aider à organiser un aller-retour pour les funérailles. Surtout ne pas le laisser nous mettre en obligation de le renvoyer ! Tout le monde est d'accord avec moi ?

Finalement, personne ne saura quoi, pour le sexe de Ramon et sa déstabilisation orpheline. Il est tombé sur Lucia, comme prévu. Elle lui a fait du gringue, comme convenu dans le contrat que Momo lui a grassement payé, et ils ont filé chez elle pour la nuit, pour le jour, pour la nuit, jusqu'au matin où Ramon, heureux comme jamais, a téléphoné à sa mère pour lui annoncer ses fiançailles et apprendre qu'il lui restait quatre heures pour arriver à l'enterrement. Momo a beau le savoir, que des gars disparaissent sans dire ni oui ni non, réapparaissent ensuite ou pas, il a peur pour Ramon. Il se rassure en pensant que, vu les circonstances, les travailleurs sociaux seront compréhensifs et n'imposeront pas un délai avant un éventuel hébergement ultérieur. Il se dit que Lucia en sait peut-être plus. Mais tout ce qu'on lui dit au « Salon », c'est que Lucia est partie pour un client, l'autre soir, qu'elle est revenue prendre ses affaires le lendemain, en disant qu'elle rentrait au pays. Retrouvailles d'expatriés ? Coup de foudre dans une rue chaude ? Amour ? L'amour, voilà bien un truc qui échappe à Momo. Un concept hors de sa portée. Alors lui, Momo, il se dit que c'est rebelote, Ramon a pété une case et il reviendra plus bourré que jamais, plus résolu que jamais à s'en sortir, il promettra tout ce qu'on veut, filera en douce au crépuscule pour rejoindre dame Bibine, puis viendra faire trembler les cloisons vernies des alcôves de ses ronflements d'alcoolique. Tournez Manèges. Tourne, machine. Ramon a passé son tour. Et ça va coûter quelques cigarettes à Momo, qui s'en fiche comme de son putain de père.

Et si je meurs, moi ? Qui préviendra qui ? *Votre père était logé dans une résidence pour sans-abri parce que son entreprise a fait faillite, il est décédé ce matin, que voulez-vous que nous fassions pour les funérailles, et pour ses quelques affaires ?* Qui fera des recherches pour contacter mes enfants, qui découvrira qu'ils ne vivent pas à l'étranger, qui entendra : *Ce n'est plus notre père depuis des années. Qu'il soit mort est ce qui nous est arrivé de mieux aujourd'hui*. Ne pas penser aux enfants.

Ici, tout le monde est bouleversé. Plus encore que si Ramon lui-même était mort. Perdre sa mère suscite davantage la compassion, chez ces hommes, que perdre un statut social ou sombrer dans le désespoir. Leur mère a été déchue de ses droits, les a abandonnés, elle a laissé leur père les tabasser pendant des années ou, tout simplement, ils ne savent même pas qui elle est, mais que d'un mot maladroit ou vengeur on mette en cause son honneur, sa bonté ou son amour pour eux, et on se retrouve avec trois côtes éclatées au milieu du réfectoire. C'est pareil pour mes enfants. Que personne ne touche à la sainte mère. Que personne ne la fasse souffrir. Que soit honni le premier qui la fasse pleurer. Et la mienne ? Ma mère ne m'a pas abandonné. Elle a élevé ses enfants comme elle a appris qu'elle avait à le faire. Elle a consacré sa vie à sa famille, comme toutes les femmes le faisaient. Elle a tenu son rôle. Elle a été à la hauteur. Rien à redire. Sauf qu'elle n'a pas choisi d'être mère. C'est devenu un rôle, une fonction, un destin. Ma mère faisait partie de ces femmes qui n'avaient pas l'instinct maternel. Et moi ? Ai-je l'instinct filial ? L'instinct paternel ? Je ne sais pas. Il faut qu'un homme qui m'est étranger perde sa mère pour que je me pose ces questions dont les réponses, finalement, ne m'intéressent pas. En deux heures, tout le monde était réveillé. Tout le monde savait que la mère de Ramon était morte et qu'on ne le trouvait pas. Les couloirs sont gris de fumée. Ils causent ou se taisent, mais ils fument. Ils attendent le retour de Ramon pour voir ce que ça fait sur un visage d'homme, la mort d'une mère. Ils sont solidaires, croient-ils. Ils font corps. Ils font rempart. Ramon pourra compter sur eux qui n'ont rien d'autre que la compassion à offrir. Je vais dans la chambre. J'ai fouillé le quartier. Pas de Ramon.

— Ramon ?

— Non, c'est Jacques.
— Ils l'ont trouvé ?
— Non.
— J'ai perdu ma mère dans le génocide.
— On est tous retournés, Filleul. Quand un gars perd sa mère, tous les autres pensent à la leur.
— Ils ont obligé mon père à manger ses seins. Je suis vivant parce que mon père a mangé les seins de ma mère morte. Devant moi et mes frères.
— Nom de Dieu.
— Après, il nous a mis chez ma tante. Et il s'est pendu. C'est la première fois que je raconte ça.
— Je ne sais pas quoi dire, Filleul. On va dormir. D'accord ? Il faut qu'on dorme. Pour vivre une journée convenablement, il faut d'abord dormir. D'accord ?
— J'essaie. Je vous jure que j'essaie de dormir. Chaque nuit, j'essaie de dormir.

Momo rentre dans la chambre, lui aussi. Il voudrait entendre Ramon ronfler. Ça le rassurerait. Un homme qui ronfle, il ne peut rien lui arriver d'autre qu'une godasse dans la gueule. S'il s'y connaît bien dans les rouages institutionnels, dans les drames sociaux et leurs incidences, s'il sait lire dans les regards et s'il en connaît un brin en psychologie, en sociologie, en anthropométrie, sans parler d'un intérêt naturel pour toute question philosophique, Momo n'a jamais perdu de mère et n'en perdra jamais. Il touche ses limites et il n'aime pas ça. Bon, on verra demain. Toujours est-il que rien ne crépite dans son esprit au sujet de Ramon, ce qui, finalement, est peut-être un bon signe. Demain, il faudra qu'il s'occupe de Carpaccio. Sans tarder. Pour Ramon, il a été trop lent. S'il avait pensé au plan Lucia quelques jours plus tôt, on n'en serait pas là. Et s'il y avait des indices dans son alcôve ? Personne n'a pensé à regarder dans son alcôve ! On croit qu'on rêve.

— Ramon ?

— Non, c'est Momo.

— Qu'est-ce que tu fous chez Ramon ?

— Je cherche des indices.

— Et ?

— Et ce petit cachottier est sous Antabuse. Deux cachets. Il a arrêté de boire depuis deux jours !

— Quoi d'autre ?

— Deux cents revues porno, à vue d'œil. Rien d'anormal.

— Tu m'en passes une ?

— Putain, Filleul, Ramon vient de perdre sa mère, il sera le dernier à l'apprendre et tu veux lui piquer une revue pour te rincer l'œil ?

— Arrête, Momo, c'est pas tes affaires. S'il veut une revue, tu la lui passes, je la lui passe ou il va la chercher, mais tu arrêtes tes jugements à l'emporte-pièce, O.K. ?

— T'énerve pas, Papy. Et depuis quand tu t'occupes des autres, toi ?

C'est plus fort que moi. Avec tout ce qu'on dit sur le sexe des Africains, je ne peux m'empêcher d'imaginer Filleul essayant de mettre la revue en dessous puis au-dessus d'un sexe immense, le prenant finalement en bouche à défaut de savoir quoi en faire, et l'image me fait sourire. Depuis quand n'ai-je plus souri ? Ai-je souri depuis la dernière fois que j'ai bandé ? Y a-t-il un homme au monde qui se soit un jour posé précisément cette question ? Je deviens con ou quoi ?

Note de service, par Sabrina.

Jacques De Ridder.

Rencontré Jacques suite à la réunion d'équipe. Il est intéressé par la proposition d'un travail bénévole, dès qu'il aura un logement extérieur (en attendant de trouver autre chose, dit-il), il est d'accord pour former et guider une petite équipe (3 ou 4 personnes, voir ça avec Séréna). Logement : il a actuellement 1200 € d'épargne. De quoi s'installer. Dit qu'il avait du mal à chercher un logement, qu'il mettait la recherche de boulot en priorité. J'ai mis un peu la pression, il est temps qu'il bouge… Mise en place d'un rendez-vous, deux fois par semaine, pour soutenir et suivre ses démarches.

Ils ont mis les affaires de Ramon dans une caisse à la réserve. Ce matin, ils ont installé un nouveau dans son alcôve. Trois mois dans la rue, à ce qu'il paraît. Il a bien voulu se laver, un bon signe, selon Momo. Il n'a pas encore parlé. Il se retourne tout le temps avec un regard effrayé. Momo dit que ce qu'ils vivent dans la rue, on n'a pas les moyens d'imaginer. Surtout la nuit. Le jour, ça va encore. La nuit, chaque bruit est un danger. Quand on n'a plus rien, il est encore possible de se ramasser un coup de couteau pour une paire de godasses défoncées, une vieille revue ou un sac en plastique. Dans quelques jours, ça ira mieux. En attendant, ne pas le regarder dans les yeux, ne pas faire de bruit quand il fait noir et ne pas rouspéter, s'il veut garder de la lumière pendant la nuit. Momo dit qu'il a tout de suite eu des ondes, pour cet homme. C'est un gars qui a vécu les pires choses et *le disjoncteur a sauté*. Les pires choses. Qu'est-ce qu'un humain peut vivre de pire ? Y a-t-il une échelle de mesure du pire de ce qu'il est possible de vivre ? À quel échelon suis-je ?

— Et toi, Momo ?

— Quoi, moi ?

— Qu'est-ce qui est arrivé à ta vie, pour te retrouver ici ? Tu as connu le pire ?

— T'as pas idée de ce que certaines personnes vivent, Carpaccio. À côté de ça, ma vie est aussi belle que la jeunesse de Siddhârta. Mais il ne faut pas croire que, dès qu'on touche au pire, on débarque ici. Tout est relatif. T'en as qui perdent les pédales parce que leur femme les quitte, t'en as qui démolissent leur vie à coups de bouteille de whisky, t'en as qui sont nés déconnectés, t'en as qui sont demandeurs d'asile et ce genre de trucs, tu vois de tout, à la résidence. La question, ce n'est pas ce qui nous arrive, mais comment on accuse le coup. Ce gars-là, Philippe, les plombs ont sauté. Un peu comme si la foudre avait grillé le poste. Il a dû vivre un truc au-delà de ce qu'on peut imaginer, ça oui. Mais t'en as d'autres qui pètent une durite pour moins que ça. T'en as qui tombent dans les trous du tissu social, comme toi. J'en connais un, sa fille est morte quand il était en mission, sa femme s'est suicidée après deux ans de déprime, quand il était en mission encore. Il sauvait des vies et il arrivait trop tard pour sauver celles qu'il aimait. Et il va très bien. Évidemment, il s'est ramassé à la petite cuiller, il a picolé un an ou deux, mais il n'est jamais venu ici. Il y avait un fil qui tenait encore. Eh bien, ce gars, il a monté une association pour soutenir les parents qui perdent un enfant. Comme je te le dis.

— Et toi ?

— Moi j'ai eu de la chance, Carpaccio. Une putain de chance. À force de voir des gens qui dégustent, je sais que je fais partie des privilégiés, tu comprends ? Je ne dis pas que tout est rose, mais l'un dans l'autre, je me débrouille. Et je suis heureux, oui. Tu veux une cigarette ?

Quel étrange personnage. Il ne ressemble à rien de ce que je connais. Ce n'est pas le petit glandeur de Marocain que j'ai vu le premier soir, rempli de mes *a priori* ridicules. Une sorte d'ange institutionnel ? Un elfe bienveillant mandaté par la fée des causes perdues ? Un enfant coincé dans un corps d'homme ?

— Il y a un gars qui t'a reconnu, Carpaccio, quand nous étions tous dans les couloirs, le soir de la mère de Ramon.

— Mmm…

— Tu as fait de la tôle ?

— Je n'ai pas envie de parler de ça.

— Tu en as fait ?

— C'était une erreur.

— On fait tous des erreurs…

— Je n'ai pas envie de parler de ça, d'accord ?

Capot. Connecteurs. Câble. Boulon. Microprocesseur. Ne pas penser. Ne pas laisser revenir les images. Carte LAN. Pus. Graveur. Câble. Barrette. Je ne veux pas qu'on reconnaisse en moi cet homme que je ne suis pas. Je savais que cela pourrait arriver. J'en ai vu l'un ou l'autre, de ces gars qui ont fait de la prison. Chez certains, la prison laisse des traces dans les yeux et la démarche. J'en ai repéré un avec la cheville déformée par un bracelet électronique difficile à camoufler. Les traces que je porte sont en moi, indécelables. Gravées au scalpel de la honte. Mais mon visage, malgré toutes ces années, reste reconnaissable. Ces semaines au bout de l'impensable peuvent à tout moment déchaîner à nouveau leur cruauté. De cela, je ne serai jamais libéré.

— Faut que je te parle d'un truc, Carpaccio…

— Mmm…

— T'es en danger. C'est des choses que je sens, tu peux me croire.

— À cause de cet homme ?

— Non, je suis cool. Tu veux pas en parler, encodé, j'en parle pas. C'est au sujet de ton contrat d'avenir… je le sens mal. Il y a quelque chose qui va te péter à la figure. Je ne sais pas exactement quoi, mais je le sens, alors j'ai réfléchi, je connais le système. Voilà ce que je crois : tu es ici depuis environ six mois, t'as pas trouvé de boulot, pas de logement. Point mort, on pourrait dire. Je les connais. Ils vont faire une réunion d'équipe, un petit topo, le bilan des six mois et zou, ils vont relire que, dans ton dossier, tu devais mettre les choses en place pour à peu près maintenant, ils vont te convoquer pour te dire que tu dois te bouger le cul en urgence sans quoi ils seront dans l'obligation de te donner ton bon de sortie. Et tu vas faire quoi ? Un autre centre ? Une maison de retraite ? La rue ? Les restos du cœur et un nid de coquilles d'huîtres dans les caniveaux de la place du Théâtre ? Écoute-moi, Carpaccio, j'ai pensé à tout. Il faut prendre les devants. Tu vas dire que tu as trouvé une chambre, que tu pars. Tu pars correctement, sinon ils t'imposeront un délai, à la prochaine demande d'hébergement. Tu fais les choses dans les règles.

— Ils m'ont proposé un poste de bénévole, ils me demandent de trouver un logement dès que possible.

— Ben tu vois, je l'avais flairé ! Prends les devants. N'attends pas qu'un bon de sortie te tombe dessus.

— … et je vais où ?

— Je te dis que j'ai pensé à tout. Dans un premier temps, on t'installe dans l'annexe. Il y a un endroit où personne ne va. Parfois il y a un gars ou un autre qui squatte, le temps de se retourner, s'il a été mis dehors. Je peux tout organiser. Je te trouve un matelas, une couverture, il y a même des douches. À la limite, tu seras encore mieux que dans la chambre, t'auras pas à te taper les lamentations du fils de Notre-Dame-des-Sept-Douleurs.

— Et s'ils me trouvent ?

— Fais-moi confiance, je m'occupe de tout. Toi, tu attends deux ou trois jours et, dès que je te donne le feu vert, tu leur dis que tu as trouvé une chambre. Quand tu seras dans l'annexe, t'auras plus qu'à faire le bénévole qui vient de l'extérieur et, après tes heures, tu cherches un logement. C'est l'histoire d'un mois ou deux. J'ai des potes, je peux les mettre sur le coup, pour te trouver une piaule.

— Il faut que je réfléchisse. Ça va un peu vite, pour moi.

La vérité, c'est que j'ai peur. Cette solitude que j'avais apprivoisée me terrifie après ces six mois de promiscuité, certes, mais aussi de vie encadrée, sans inquiétude réelle. Je ne veux pas rester ici, je n'arrive pas encore à m'imaginer dehors pour autant. Réapprendre les petits gestes de la vie « normale ». Couper un oignon, faire une vaisselle, faire une lessive, rentrer chez moi où personne ne me parle. M'endormir au seul bruit de ma respiration. Retarder d'une heure ou d'un jour l'ouverture des enveloppes préimprimées, de peur d'y trouver un courrier d'huissier, une facture imprévue ou le rappel d'une autre qui ne me serait jamais parvenue. Sortir dans la rue pour ne pas être seul, et être encore plus seul, parmi des centaines d'inconnus heureux. Compter, compter et recompter, l'argent qui sort, l'argent qui reste, l'argent qui tarde, l'argent qu'il faut. Passer des heures et des heures de vie à survivre. Pour quoi et pour qui ? Parce qu'un jour et puis un autre. C'est ça, ma vie. Un jour et puis un autre. Traverser celui-ci, puis celui-là. Pour la seule raison que je suis vivant. Manger parce qu'il faut manger. Dormir parce qu'il faut dormir. Vivant et non recyclable. Usagé. Irréparable. À trier sur le tas « sans espoir » de la cour, débarqué de la grande remorque des bonheurs ratés dans la cour des inutiles. Rue Rogier, rue Pépin, rue de l'Étoile… Où vais-je habiter ? 600 €, 850 €, 780 €, 920 €. Est-ce réaliste ? Vivre avec 750 €, est-ce réaliste ? Nous pousser ainsi à nous reconstruire socialement, à retrouver notre autonomie, n'est-ce pas nous envoyer innocemment vers la répétition inévitable d'un échec dont il serait cette fois impossible de se remettre ? N'est-ce pas pour cela que ces hommes s'en vont puis reviennent, passent d'un lieu d'accueil à un autre ? Est-il possible, aujourd'hui, dans notre société, de vivre seul avec 750 € par mois ? Peut-être. Sans doute. Tant qu'il ne pleut pas des tuiles. Je dois viser, selon Sabrina, un loyer de maximum un tiers de mes revenus. 250 €. Les chambres d'étudiants démarrent déjà à 300 €. Si je gagne 100 € avec le bénévolat, 50 € avec les repas, je peux monter jusqu'à 300 €. Si je compte 150 € pour les charges, il me reste 450 pour vivre. Soit 15 € par jour. Si je serre un peu la vis, je peux mettre 50 € de côté chaque mois. Au cas où. Rue de l'Ange. Elle est bonne, celle-là. Y a-t-il une « rue du Diable » dans le quartier ? Avenue des combattants, chaussée de Waterloo. Musée de ruines, champ de batailles. Rue des Trois Piliers, rue de Fer, rue des Brasseurs. 490 €, 1250 €. Il y a des gens dont le loyer est plus élevé que la pension que je touche après quarante années de travail.

— Alors, tu te promènes ?

— Bonjour, Filleul. Je cherche un logement. Et toi ?

— Je marche. Je voulais te dire… ça m'a fait du bien, de te parler l'autre soir. C'est peut-être parce que tu es plus âgé, je ne sais pas. Tu pourrais être mon père.

— Ton grand-père, plutôt.

— Chez nous, ce n'est pas pareil.

C'est plus fort que moi, l'image de Filleul avec son énorme sexe dans la bouche me revient. En fait, c'est le premier Africain que je côtoie vraiment. Je vis à l'époque du multiculturel, je croise des Africains depuis des années, mais je n'en ai jamais côtoyé. Faut-il tomber au plus bas de l'échelle sociale pour être dans le monde réel ?

— Il faisait quoi, ton père ?

— Professeur d'université. Kinshasa, Kigali, un peu partout.

— Tu as quelle nationalité ?

— Je suis belge. J'ai pas la tête, mais j'ai les papiers.

Je n'ai pas la tête d'un sans-abri, je n'ai pas la tête d'un gars tombé en bas de l'échelle. J'ai la tête d'un Belge, je regarde mon reflet dans les vitrines des magasins réservés à ceux du haut de l'échelle. Le nouvel apartheid. Les magasins réservés aux riches me montrent que je suis pauvre. Interdit de séjour. Le ticket d'entrée est une carte bancaire électronique que je n'ai plus le droit de posséder. Je suis un sans-papiers du système économique.

Un Belge à la queue éteinte qui marche avec un Africain saccagé. Nous sommes du même côté de la fracture sociale. Ce n'est pas une question de race ou d'âge, c'est une réponse aux questions que personne ne semble avoir vu venir. Nous marchons dans les rues, parce que c'est gratuit.

— Tu as fait des études ?

— J'ai commencé la chimie. J'ai tenu deux jours. Je ne sais pas me concentrer. Trop d'images. C'est comme si on m'avait attaché à une chaise durant ces dix dernières années, devant un poste télé où seraient diffusées en boucle des images que personne ne serait capable de regarder. Parfois je n'en peux plus. La seule manière de couper ce putain de poste télé, c'est de mourir. Sauf quand je marche. Quand je marche, ça va.

— Tu veux mourir ?

— Non. Mais je ne sais plus vivre. Et toi ?

— Je ne me suis jamais posé la question. Non, je ne veux pas mourir. Je ne voulais pas vivre non plus. C'est arrivé. Je suis né. Je vis.

Je n'avais jamais réfléchi à cela. Mais je ne saurais pas mieux le dire. Il m'est arrivé de vivre. Et depuis, je vis.

Pareil pour Momo. Un jour il est né. La différence – et il est persuadé qu'il en est là grâce à ses cours de philo, de psycho, sa demi-année en romanes et restons-en à cette ligne de son curriculum vitae atypique – la différence, donc, selon Momo, c'est la pensée, la recherche de liens et de fils, qui lui ont permis de trouver le sens de sa vie. Sa place dans l'univers et dans l'histoire du monde. Quand Carpaccio et Filleul n'ont pas d'autre raison de vivre que la vie elle-même ou l'incapacité de mourir pour de bon, Momo sait pourquoi il est vivant. Pour l'heure, nom d'un chien, s'il veut rester vivant quand ils sont deux à lui tenir la tête dans la cuvette du W.-C., il a intérêt à bien viser : en plein dans les roubignolles de l'un avec le pied gauche et sur le plexus solaire de l'autre, avec le coude droit. Un, deux, trois, tout le monde à terre. On a beau être fondamentalement non violent, il y a des moments où il faut agir. Il doit avoir une tête de brosse de W.-C. Il s'ébroue sur les deux petits connards de racistes qui ne l'ont pas volé. Comme s'il n'avait que ça à faire d'expliquer à tout le monde que ses parents étaient belges pour ne pas se faire emmerder par des toxicos fauchés. Il n'y a que les Marocains qui ne le prennent pas pour un Marocain. Comme quoi. Avec tout ça, il n'a plus sa barrette de shit. Il s'occupera des couvertures de Carpaccio plus tard. Il lui faut un petit pétard, c'est sûr.

— T'as pris ta douche dans un bidet ?
— Laisse tomber, Jean-Mi.

Dégoter de quoi faire un joint, ficher le camp d'ici une demi-heure, le temps de retrouver son calme. C'est mal barré. Il est à peine place Maurice Servais qu'il voit Carpaccio et Filleul arriver, se parler comme s'ils avaient partagé la même chambre de home quand ils étaient gosses. À ce moment-là, Momo a su qu'il fallait accélérer le processus. Carpaccio devait quitter la chambre au plus vite. S'il commençait à se laisser embobiner par Pitié-pour-moi-Seigneur, il se ramasserait une mélancolie profonde, une catatonie ou une dépression *pospartome*, mais quelque chose de grave. Après six mois de travail, pas question. Il n'est pas nécessaire de s'être perdu quelques mois dans un auditoire de psycho pour comprendre que Momo vient de se faire coincer dans une autre cuvette. Celle de la jalousie. Mais pour en connaître l'odeur, il faut savoir quelque chose de l'amour. Concept toujours abstrait pour l'esprit pratique et efficace du fils de sainte Institution.

— Eh, Filleul, je t'ai mis une dizaine de revues de Ramon sous le lit, tu peux aller t'astiquer le manche tranquille, le nouveau est chez le toubib. Faut que je voie Carpaccio. En privé. *Ise it possibel*?

Et avant que la télé mentale de Filleul ne se remette en route, Momo a pris le bras de Carpaccio, lui a fait faire un tour du bloc pour brouiller les pistes et l'a fait entrer dans l'annexe. Sous l'escalier, des réserves de nourriture. Dans la salle de douche, un matelas presque correct.

— Il manque encore les draps et une couverture, mais c'est une question d'heures. Tu peux t'installer dès demain. Regarde, je t'ai même trouvé de quoi faire du café.

— J'ai commencé à chercher une chambre…

— Tu veux mon avis ? Le temps que tu la trouves, qu'elle soit libre et que tu aies branché les compteurs, Sabrina pourrait tout aussi bien attendre son troisième enfant et te mettre dehors sur une poussée hormonale, alors tu feras quoi, hein ? Tu iras squatter à l'ancienne adresse du clodo ? Troisième banc à droite le long de la Sambre ? Ouvre les yeux, mec. Ici, c'est comme ça. On arrive avec la vie dans le cul, on se fait chouchouter le temps que les cheveux repoussent et, dès qu'on a réappris à manger avec des couverts sans se planter la fourchette dans la joue, salut la compagnie, on s'en va gonfler les statistiques pour la nouvelle demande de subvention avec un chèque offert par la maison pour acheter de quoi s'installer dans le fatras qu'on a nous-mêmes déchargé des remorques. Tu piges ? T'es connecté ? Faut pas rêver.

— On verra demain, d'accord ? Quand on aura trouvé des draps. Je vais dire à Sabrina que j'ai une piste sérieuse, ça va déjà calmer l'équipe. Pourquoi as-tu tellement la rage, avec Filleul ?

— Les plaintifs, ceux qui se sont tatoué « VICTIME » sur le front, je ne peux pas les encadrer. Je veux bien les coups durs, les saloperies de la vie, les chutes dans le vide, mais les plaintifs, c'est au-dessus de mes forces.

— Tu ne le connais pas…

— J'ai des ondes. Les ondes, ça ne ment pas.

— Filleul est vraiment une victime, Momo. Je ne sais pas si humainement c'est possible de s'en sortir après ce qu'il a vécu.

— Bon, c'est pas tout ça, on m'attend à l'accueil.

— Tu es jaloux ?

— J'suis pas une pédale, O.K. ?

— Je ne te parle pas de ça. Tu le sais, hein ?

Non, Momo ne sait pas. Il sait qu'il doit s'activer. Et que Carpaccio n'est peut-être pas un décroché pur jus, finalement. Avec quoi il vient, le vieux, maintenant ? On a un peu les nerfs et on se fait traiter de jaloux ! Il voudrait bien les voir, les deux grands copains, parlant joyeusement de la pluie et du beau temps après s'être fait rincer dans un bidet pour une barrette de shit. À propos, ce pétard, il est temps de se le faire. C'est sans doute pour ça qu'il a les nerfs, Momo.

— Tu veux tirer un coup ? T'as déjà fumé un pétard ?

— Non merci. J'ai essayé une fois. Mon fils en avait laissé traîner un. Juste pour voir.

— T'as un fils ?

— J'avais quatre enfants.

— Ben merde alors, et ils te laissent moisir ici six mois sans rien dire ?

— Ils ne le savent pas. Demain, cela fera quinze ans que je ne les ai pas revus.

— Ben merde alors. T'as pas l'air.

— L'air de quoi ?

— D'être un père.

J'ai l'âge et pas l'air. À quoi peut ressembler un père qui ne voit plus ses enfants depuis quinze ans ? Je ne ressemble à rien. D'ailleurs je ne vaux guère mieux que rien. Peut-être suis-je grand-père. Peut-être y a-t-il une petite De Ridder qui ressemble à Laura et à qui on a dit que son grand-père était mort avant sa naissance. Ce n'est pas plus mal. Je n'aimerais pas que mes petits-enfants apprennent tout cela, qu'ils me sachent ici, prêt à squatter une ancienne salle de douche afin de ne pas être fichu dehors d'un centre pour sans-abri. C'est ça. Il vaut mieux que j'aie disparu de leur vie. À défaut d'avoir disparu de la mienne. Disparaître à soi-même. Le rêve des alcooliques ? La réalité des clochards ? Même ce rêve-là, je n'ai pas les moyens de l'avoir. J'ai lu un jour qu'il était impossible de vivre une seconde sans espoir. Quel est mon espoir ? Trouverait-il une réponse, mon petit Momo-je-sais-tout ?

— Tu espères quoi, toi, dans la vie ?

— Putain, Carpaccio, qu'est-ce que tu as aujourd'hui avec tes questions ? Pourquoi veux-tu que j'espère quelque chose ? je suis bien dans ma vie. Voilà. J'espère qu'elle va durer. Bon, je file à l'accueil cette fois. Si Filleul te manque, va voir s'il n'est pas en train de se suicider, je suis occupé.

Cette journée m'a étrangement fatigué. Trop remué. Pour une fois, j'ai envie de manger seul. Imprévisible. Même si je choisis une table inoccupée, elle peut se remplir avant que j'aie avalé ma purée. Je vais m'offrir le spaghetti bolognaise d'il y a six mois. Jouer à l'homme intégré. Au célibataire qui n'a pas envie de cuisiner pour une fois. Avenue Reine Astrid, place Wiertz, rue Patenier. Six euros cinquante. Pour la première fois en six mois, je vais au restaurant. Je vais manger et payer avec mon argent. On va me demander ce que je veux et finir chaque phrase avec *Monsieur*. Je ne suis pas Jacques ou Carpaccio. Je suis un inconnu parmi les inconnus. Un homme invisible devant un spaghetti bolognaise. Est-ce cela, la vie que je veux vivre ? À droite, de l'autre côté de la rue, mon cerveau a repéré une affiche À LOUER. Elle clignote dans mon champ visuel. J'ignore s'il s'agit d'une maison, d'un studio ou d'un appartement mais, à force de marcher toute la journée, je sens les affiches de location avant de les voir réellement. Ne pas relever la tête. Ne pas gâcher ce moment en découvrant que c'est toute une maison, qui est à louer. Une serviette de couleur. Une salière individuelle. Une nappe en tissu. Je suis dans le monde. Je suis sorti de l'abri pour sans-abri. Je vais redevenir un homme normal et ça me fiche une trouille du diable. Ce sera plus facile si j'ai d'abord organisé l'équipe et le travail. Voilà ce que je vais faire. Et le dire à Momo. Je quitterai la chambre quand j'aurai tout mis en place pour le boulot. Il faut un sens à mes journées pour tenir à l'extérieur. 400 €. Un appartement à 400 €. C'est trop cher, mais c'est le moins cher de la journée. Et je n'ai pas besoin d'un appartement. Plus petit et moins cher. Cela doit être possible. Je me rends compte que je me suis attaché au quartier. Aux visages. J'ai envie de vivre pas trop loin. De croiser l'un ou l'autre, quand je sors pour un pain ou une boîte de raviolis. Ce sera plus facile de ne pas, en plus, avoir à réapprivoiser tout un quartier. Toujours cela d'économisé aussi, pour les trajets.

Si Jacques avait la moindre idée du quart d'heure que Momo était en train de vivre, il aurait du mal à digérer ses pâtes. Au bout du compte, c'est plutôt une mauvaise journée pour Momo, mais il vient de fumer son pétard, ça passe mieux. Faudrait pas grand-chose pour qu'il soit pris d'un fou rire, en prime.

Note de service, par Sabrina.

Mowgli.

Momo a été surpris sur le fait, volant dans la réserve. Il n'a pas voulu expliquer son geste. Il savait le risque qu'il prenait et veut l'assumer. Impossible de faire autrement que de le mettre dehors, son contrat stipulait clairement la nécessité de respecter les lois internes durant ce séjour. Départ demain à 10 h. Tant de mois pour arriver à cela. Coincée par le règlement que j'approuve, en plus. Il y a des jours où je suis découragée. On a le droit d'écrire son sentiment d'impuissance dans un dossier ? Comment font-ils pour se mettre dans des situations d'exclusion quand ils sont si près de reconstruire un projet ? Nous nous inscrivons dans un travail sur la durée, nous pesons chaque mot, chaque décision, nous mettons en place ce qui nous semble être le mieux pour chacun. C'est comme quand on gonfle un ballon de baudruche. On finit toujours par le faire péter avant le début de la fête. Le dossier complet de Momo doit faire environ trois cents pages. On ne peut pas dire qu'on n'a rien fait. Mais que pouvons-nous faire si, au fond d'eux-mêmes, ils n'ont pas ce moteur ? Hein ? En écrivant cela, je me rends compte que je juge, que je réfléchis comme si je comprenais tout.

C'est tellement loin de notre manière de réfléchir ensemble, je sais. Mais ce soir, je suis seule. Je dois trancher seule. Et il me touche, Momo. C'est quelqu'un de bien. Il n'a pas vraiment de place dans notre monde mais, ici, il l'avait faite, sa place. Que peut-on faire pour des gens comme lui ? Pour ces institutionnalisés congénitaux ? Un petit colloque ? Une nouvelle maison d'accueil ? Une réunion pour nous remettre une fois de plus en question ? Cette soirée me file le bourdon, les gars. À L'AIDE !!! Vous pensez que je dois postuler dans une grande surface ? Une maison de repos ? Prendre un congé sabbatique et m'occuper de mes enfants, leur donner assez d'amour pour qu'ils trouvent toujours en eux de quoi s'en sortir ?

Ce n'est qu'un au revoir, mes frères… Momo a plus d'un tour dans son sac, il en a vu d'autres. Il s'est fait pincer, mais au bon endroit, au bon moment, personne ne saura pour qui ou pour quoi il volait des draps de lit. À l'instant où Sabrina lui signifiait son renvoi avec un air désolé, il avait déjà une solution : le nouveau centre d'accueil en urgence pour toxicos. Il se ferait passer pour un tox, il aurait quinze jours devant lui pour se retourner. Avec un renvoi pour vol et rupture de contrat, il serait sans doute interdit de retour à la résidence pendant trois mois, mais bon. Ce qui comptait, dans un premier temps, c'est que son plan pour Carpaccio ne soit pas mis en péril.

— Carpaccio ? Viens, faut que je te cause.
— Il est deux heures du matin, Momo.
— Ouais, mais je pars demain.
— Tu pars ?
— Ouais. Faut que je bouge, sinon je vais m'encroûter. Mais ça ne change rien pour toi, tout est prêt, tu t'installes quand tu veux. Et ne traîne pas,

toi non plus. C'est jamais bon de rester trop longtemps dans un centre d'hébergement. On prend ses habitudes, on se fait des copains, on se sent en sécurité et, au final, on a des angoisses rien qu'à imaginer une vie normale.

— Et tu vas où ?

— T'inquiète pas pour moi, je connais tous les tuyaux.

— Momo t'a menti.

— De quoi tu parles ?

— Il ne part pas, il s'est fait virer.

Je suis à côté de mes pompes depuis que Filleul m'a annoncé la nouvelle. Momo a été renvoyé parce qu'il voulait m'aider. Au lieu de s'en justifier, il m'a protégé. Qui a un jour voulu me protéger de quoi que ce soit ? Qui a pris le moindre risque pour moi ? Dois-je aller vivre dans l'annexe pour ne pas être mis dehors moi aussi ? Dois-je aller me dénoncer afin qu'il puisse revenir, sachant que c'est moi, dans ce cas, qui serai à la rue ? Suis-je capable d'assumer cela ? Suis-je capable de ne pas le faire ? Momo est un prototype hors norme, parmi les hommes si souvent faibles et lâches. Les circuits préimprimés de sa carte-mère n'ont pas été encodés comme les nôtres. Et nous, les autres hommes, dès qu'il s'agit d'assumer nos choix, nos faiblesses, nous avons l'ordi qui s'éteint, la mémoire vive réduite à zéro, ou, pour ceux qui arrivent ici, un bug magistral. Même un bonheur trop grand peut provoquer une surchauffe des ventilateurs qui mène au bug. C'est ce qui est arrivé au nouveau, il y a quelques années : le bonheur. Et il a perdu les pédales. Il était marié depuis quinze ans quand il a rencontré la femme de sa vie, le grand amour. Il a quitté sa femme, elle l'a récupéré, il a continué sa double vie, mal avec lui-même, mentant à tout le monde, incapable d'assumer. Puis il a fait tout péter en allant avec une troisième, en s'arrangeant, peut-être inconsciemment, pour que tout le monde le sache, perdant à la fois celle qui le sécurisait et celle qu'il aimait. Bug. Déroute totale. Incapable de surmonter, il a perdu son travail, et en deux mois il était à la rue. Cela fait six ans qu'il va et vient d'un centre à un autre en disant qu'il est un être faible qui fait souffrir ceux qu'il aime, qu'il n'a que ce qu'il mérite. Si j'assume la situation, je dois aller voir Sabrina, et les conséquences de cette entrevue me terrorisent. Si je n'assume pas, si je joue dans le plan de Momo, je sais aussi que je n'aurai pas la conscience tranquille. Ce gamin a l'âge d'être mon fils, pas mon protecteur. Je chipote dans mon inconsistance comme je le fais du bout de la fourchette dans cette infâme potée de chou-fleur. Troisième jour de chou-fleur. À croire qu'un cultivateur altruiste en a livré un semi-remorque pour se donner bonne conscience après une récolte qui dépassait tous ses espoirs.

En face de moi, un homme que je ne connais pas a la moitié du visage strié de cicatrices, j'ai du mal à le regarder. Voilà jusqu'où va ma lâcheté :

je plonge le nez dans l'assiette dont l'odeur me retourne le cœur plutôt que de regarder la souffrance d'un gars assis à ma table. Ses deux mains, ses avant-bras sont aussi couverts de cicatrices. Peut-être a-t-il traversé des flammes pour sauver des vies, peut-être a-t-il raté une immolation suicidaire, peut-être a-t-il été arrosé au vitriol par une femme jalouse…

— Je m'appelle Jacques. Vous êtes nouveau ?

— Moi, c'est Thierry. Thierry l'andouille. Thierry la catastrophe ambulante. Je reviens d'un an de congé de maladie, mais je suis assistant social ici depuis dix ans.

— Bon sang, qu'est-ce qui vous est arrivé ?

— Des vacances. Je vous jure. Je prends des vacances pour la première fois depuis des années et, plutôt que d'attendre la fin de l'averse, je décide de réchauffer mon cassoulet dans la tente. Je ne sais pas exactement ce qui s'est passé, toujours est-il que la petite bonbonne de butagaz a explosé. Je vous le dis, les vacances, ce n'est vraiment pas bon pour la santé !

Qu'est-ce qui fait la différence entre un sans-abri, un hébergé provisoire et un travailleur social ? Ici, on ne voit pas nécessairement la différence. Les travailleurs sociaux ne se sentent pas obligés de mettre un tablier de couleur ou un badge pour signifier qu'ils sont dans le clan de ceux qui s'en sortent.

— Et vous ? C'est vous qui montez le projet informatique ?

— … oui. Mais il me faut d'abord un logement. Je ne veux pas prendre le risque d'être mis dehors…

— Vous prenez peut-être les choses à l'envers… Si vous avez votre équipe, votre horaire, une bonne raison de vous lever le matin, sortir d'ici sera plus facile. Si vous vous focalisez sur un logement, c'est une forme de résistance, non ?

— Mmm…

— Ça fiche la trouille, de sortir. J'en sais quelque chose. Après six mois d'hôpitaux et d'opérations, j'avais l'impression que je ne serais plus jamais capable de m'en sortir sans avoir des médecins et des infirmières au bout du couloir.

— Et ?

— Ce qui est dur, c'est avant, avant de prendre la décision de sortir. Quand on est décidé, on entre en action. Vous devez tout mettre en place pour vous faciliter la tâche.

Je n'ai jamais vu cet homme et il me connaît. Il est vraiment intéressé par ce nouveau projet, il compte sur moi. Pas question d'attendre des mois. Il n'y a pas de raison, selon lui, pour ne pas démarrer rapidement. Oui, j'ai déjà pensé à une équipe de base. Non, je ne leur en ai pas encore parlé. On va d'abord voir avec le staff. D'accord. D'accord pour une réunion dans trois jours, dès que j'ai réfléchi à tout ça. Il compte sur moi. Il me parle comme si j'étais un travailleur normal. Un homme qui a des compétences.

— Un des gars à qui je pensais vient de quitter la résidence.

— Ben il pourrait peut-être travailler quelques heures comme bénévole…

Il n'a pas fallu 24 h pour que Momo soit débusqué. Ils ont vite vu qu'il n'était pas toxico, qu'il n'était pas à sa place dans ce centre de désintox, mais il leur a fait son plus beau baratin et il peut rester deux semaines, tant qu'il se tient tranquille et qu'il cherche une solution pour la suite. *Le gars qui aurait dû être mon père s'il n'avait pas plaqué ma mère lui tapait dessus quand je suis né, vous comprenez ? Il m'a mis dans un bénitier et salut la compagnie. Vous mesurez le traumatisme ? Vous pensez qu'on peut avoir une vie normale quand on vient de prendre trente années en institution ? Il y a des tas de gens qui vivent comme moi, d'un endroit à l'autre, et qui le subissent. Qui en souffrent. Pas moi. C'est ma vie. Mon univers. Ma place dans le monde. Je vais m'organiser. Je ne vais pas vous déranger longtemps. Là j'ai dû faire au plus vite, mais laissez-moi une chance. Le curé qui m'a trouvé dans le bénitier pouvait tout aussi bien me noyer dans l'eau bénite, eh bien non, il m'a laissé une chance. Vous êtes un peu les curés des temps modernes, non ? Vous n'allez pas me jeter à la rue, hein ? Me jeter à la rue, ce serait comme anéantir les trente dernières années de travail de vos collègues !* Dans un cas comme celui-là, on ne parle pas de négociation. Momo les a eus à l'usure et au sentiment.

Touché, touché, sous-marin coulé. Il a ses journées libres, sa barrette de shit en poche et il s'offre deux ou trois jours de vacances avant de réfléchir à son avenir, pas de quoi se fouetter les sangs. Comme sous l'effet d'un pilotage automatique, il se retrouve sur les marches de la résidence, devant l'accueil. Franchement oui, c'est là qu'il se sent chez lui. Ça le gonfle un peu de voir qu'on a mis Filleul à l'accueil. Déjà que les gens n'ont pas trop le moral quand ils sont obligés de faire un séjour dans ce genre d'endroit, c'est pas avec la blacktitude désespérée de saint Malheureux qu'ils vont reprendre goût à la vie. Évidemment, s'il s'agit d'un plan prévention suicide, ce n'est pas bête : l'accueil est sous surveillance vidéo 24 h sur 24. Sans le vouloir ou le décider, ça lui vient spontanément, Momo se met à filtrer les entrées. *Allez par le côté ; les dépôts, c'est dans la cour ; le dirlo, montez au deuxième ; Jean-Mi, c'est son jour de congé ; Sabrina, au deuxième, dans son bureau, dès que la réunion d'étage est finie. Jacques De Ridder...* Que devient Jacques ? Que répondre ? Il est officiellement parti ? Installé dans l'annexe ? Qu'est-ce qu'une fille aussi bandante a à voir avec Jacques ? Elle n'a ni un cul d'huissier ni des seins d'ancien tôlard. *Demandez au gars de l'accueil...* Évidemment, Momo-qui-sait-tout n'entend pas la réponse de Filleul. Va falloir qu'il aille aux renseignements. Qu'il s'agisse du contenu de la réponse ou bien que Filleul en ait profité pour raconter un pan sombre de sa vie d'emmerdé chronique, la fille sort en pleurant.

— Qu'est-ce qu'elle voulait ?

— Que je donne un message à Jacques. Salut Momo.

— Tu veux que je lui porte le message ? Je dois justement le voir…

On a du mal à croire ce genre de chose quand on a l'esprit rationnel ou simplement la tête sur les épaules, mais à l'instant où Momo a pris l'enveloppe dans ses mains, son cerveau s'est mis à crépiter grave. Danger, danger, danger. À devenir fou. Impossible, du coup, de la remettre à Carpaccio sans la lire auparavant. Impossible, pourtant, de lire un courrier qui ne lui est pas destiné. Il va le jouer aux dés : si Carpaccio est dans l'annexe, il lui donne la lettre, s'il n'y est pas, il la lit en l'attendant. Toujours est-il qu'en entrant dans l'annexe, Momo comprend tout de suite que Carpaccio ne s'y est pas encore installé. Et que, quand il a lu la lettre, il n'est plus sûr du tout que Carpaccio doit la recevoir. Il se fume un joint pour réfléchir sans ébullition cérébrale intempestive, mais finit par le jouer aux dés cette fois encore. Il laisse l'enveloppe sur le matelas. Ce n'est pas qu'il soit convaincu de la justesse des décisions du destin, mais lui qui ne doit son salut qu'à la distraction d'un curé revenu en pleine nuit parce qu'il avait oublié de fermer le jubé à clé et sauvant par là même un nourrisson en première phase d'hypothermie, lui qui n'a de cadre et repères que ceux des règlements d'ordre intérieur, il ne sait pas si le retour du passé est un bon plan pour l'avenir de Carpaccio.

Les deux nouveaux de l'équipe maintenance qui ont pour tâche de nettoyer l'annexe avant l'arrivée des menuisiers ne s'embarrassent pas de ce genre de question. Ils se remplissent les poches avec les quelques vivres, ils planquent ce qui peut être utile sous l'escalier, et ils balancent le reste, dont la lettre, sans rien dire à personne.

Note de service, par Monique.

Ramon Crespo.

Je viens de recevoir un appel du C.H.R. Ramon a été ramassé hier soir, coma éthylique. Il va s'en sortir. Ils ont appelé parce que notre numéro d'appel était inscrit à l'indélébile sur sa carte d'identité. On peut s'attendre à ce qu'il demande à être réintégré à la résidence dès qu'il aura retrouvé ses esprits. On fait quoi ?

L'un n'empêche pas l'autre : je peux construire ce projet de réhabilitation informatique ET chercher un logement. ET demander une entrevue avec Sabrina. Il suffit d'aller à son bureau, de lui dire *C'est ma faute, c'est pour moi que Momo allait chercher des draps. Il voulait éviter que j'aille à la rue, si vous décidiez qu'il était temps que je quitte la résidence. Ce n'est pas un véritable vol. Ce n'est pas Momo qui doit être renvoyé.* C'est ce que j'ai fait. Mais Sabrina ne veut pas retranscrire l'entrevue dans le carnet de bord. Cela ne changera rien, dit-elle. Les faits sont les faits et il s'agit du contrat de Momo, lequel ne me regarde pas. Inutile que je sois mis dehors en prime. Et il n'a jamais été question, d'ailleurs, de me signifier mon départ. *Cela fait partie de la problématique de Momo, Jacques, de se mêler des affaires des autres. Il veut aider tout le monde, mais personne ne lui demande rien. Il a été abandonné à côté de l'autel de sainte Radegonde, il est persuadé qu'elle l'a sauvé, qu'elle a veillé sur lui et que, comme elle, il doit régler tous les problèmes de ceux qu'il croise. Si on l'avait trouvé aux pieds de saint Crépin, il serait devenu cordonnier et on n'en serait pas là !* Et si le véritable problème de Momo, c'était que, précisément, personne ne lui demande rien ? Personne n'attend rien de lui. Pareil pour moi. La différence, c'est que lui, il cherche à qui il peut venir en aide. Moi, je me contente de traverser les heures et les jours qui me sont impartis. Qui a besoin de Momo ? Moi, en fait.

J'étais sûr que je le trouverais pas loin de la résidence, pas loin de l'accueil. Blouson de cuir neuf, regard pétillant, clope rougeoyante, incapable de rester assis tranquillement sur les marches.

— Salut Carpaccio, ça roule ?
— J'ai trouvé un logement. Chaussée de Charleroi. Il y a deux étages, trois pièces en enfilade, une salle de bains à l'entresol, vétuste, mais propre, puis deux pièces mansardées.
— Ben dis donc, t'as gagné au loto ou quoi ?
— C'est pour ça que je t'en parle… C'est un peu cher pour moi.
— Tu veux des tunes ?
— Non, je voudrais que tu prennes cet appart avec moi.
— Tu peux répéter ?

Pour le coup, c'est dans le cerveau survolté de Momo qu'il y a un bug. On peut comprendre. Mais Momo, lui, il ne sait pas ce qui lui arrive. Plus une pensée, plus un mot, plus une idée. Juste une plongée en apnée dans sa septième année, ce jour où Anne et Louis ont décidé de prendre

Charles, et pas lui, en famille d'accueil. Cela faisait trois semaines qu'ils passaient le dimanche après-midi ensemble, ils faisaient connaissance. Anne riait dès qu'il ouvrait la bouche, elle lui donnait la main, quand ils marchaient dans les couloirs. Et un mardi, Momo était occupé à démonter la chasse d'eau pour planquer ses nouvelles cartes de l'équipe du Standard quand il a entendu Louis dire à la directrice que oui, ils tenaient à ouvrir leur famille à un enfant défavorisé, et Momo était très attachant, mais ils avaient leurs trois enfants, ils n'en sortiraient pas, avec un hyperactif en prime. *Vous comprenez, j'en suis sûr, que si mon épouse et moi-même souhaitons offrir une famille à un petit qui n'a pas eu de chance dans la vie, nous n'avons pas le droit, pour autant, de risquer de perturber nos enfants avec un «cas» trop difficile à gérer.* Momo ne pense pas, il ne répond pas à Carpaccio. Il voit Anne qui donne la main à Charles. Il voit Louis qui ouvre la portière de la voiture, il voit Charles qui se retourne avec le sourire des enfants aimés.

— On paierait chacun la moitié du loyer. C'est trop cher pour moi. Si tu n'es pas intéressé, ce n'est pas grave, je peux chercher plus petit et moins cher. Je me dis juste que je ne suis plus sûr d'avoir envie de vivre seul.

— Tu as envie de vivre avec moi ?

— Mmm. Mais tu arrêtes tes combines. Je ne veux pas de problèmes avec les flics. Et il faut savoir qu'il n'y a pas de chauffage dans les chambres.

— J'ai toujours trop chaud.

Dire que Momo est inondé de bonheur serait un cliché facile, une analyse réductrice. La nature humaine est plus complexe. D'ailleurs il ne sourit pas. Ce qu'il ressent n'est pas de la joie, mais une forme d'ahurissement assez rare chez un être aussi tonique. Peut-être qu'avec un petit joint il retrouverait ses esprits. Peut-être qu'il en a trop fumé et qu'il a tout compris de travers. Peut-être qu'il a bien compris, mais que Carpaccio va changer d'avis dès qu'il y réfléchira sérieusement. Peut-être qu'il perd la boule, le vieux, allez savoir.

— Y a jamais personne qui a voulu vivre avec moi.

— Ceux que j'aimais le plus au monde n'ont plus voulu vivre avec moi. Quand ma femme a demandé le divorce, elle a réclamé la garde totale des enfants en disant que ma fille lui avait révélé que je la caressais, quand elle était petite, en lui donnant le bain. À cette époque, Laura était partie pour une année aux États-Unis. Je lui ai écrit, elle n'a jamais répondu. Quand elle a été appelée par le juge, elle a dit que c'était loin, qu'elle n'avait pas de souvenir très clair. Mais elle n'a pas démenti. Aucun de mes enfants n'a mis en doute les paroles de leur mère. Je n'ai rien compris à ce qui m'arrivait. J'ai versé les pensions alimentaires, mes enfants refusaient mes visites, me renvoyaient mes courriers. Ils ne décrochaient pas le téléphone. Jamais ils n'ont voulu entendre ma version. Peu de temps après, la chasse aux pédophiles a été ouverte dans le pays. Et mon dossier est remonté à la surface. Ce dossier vide où clignotaient les mots « attouchement sur mineur ». J'ai fait quelques semaines de préventive avant que mon avocat n'arrive à me blanchir. Si tu vis avec moi, il faut que tu saches ce morceau de ma vie.

Momo se souvient parfaitement de la lettre qu'il a lue. Cette pétasse qui, sur le conseil de son psychanalyste, écrit à son père pour mieux gérer la phase terminale de son cancer et la culpabilité qui la ronge, qu'elle aille aux enfers, dans la salle où la morphine et tout ce qui y ressemble sont interdits. Qu'on lui enlève le foie, le pancréas, les reins et tout le saint tremblement avec des scalpels rouillés, qu'il lui reste juste un bout de cerveau pour mesurer ce qu'elle a fait à la vie de son père. Qu'elle meure devant sa mère et ses frères dans des souffrances purulentes, pestilentielles en leur disant qu'ils porteraient sa mort sur leur conscience comme ils ont enterré leur père avec leur silence complice. Mais comment un homme peut-il être à ce point résigné ? Pourquoi ne s'est-il pas battu ? Pas question que Momo lui parle de la lettre. Pas question que Jacques s'attendrisse sur le sort injuste s'acharnant sur sa fille. Pas question qu'il lui donne l'absolution avant son dernier souffle. Qu'elle crève avec ça ! S'il avait fini ses études de psycho, Momo trouverait peut-être quelque chose d'intelligent à dire, mais là, il est un peu pris de court. Son cerveau a repris ses activités intempestives, il ne sait plus suivre. Il gagne quelques minutes en offrant une cigarette à Carpaccio, peut-être deux ou trois, les pensées se bousculent dans un temps suspendu. Il comprend mieux, maintenant, ce qu'il y a dans les yeux de Carpaccio. Cet au-delà du désespoir. Et si la nature humaine est complexe, il arrive quelque chose de finalement assez simple, à Momo… la sensation prodigieusement douce de ne plus être seul au monde.

— Moi aussi, je dois te dire quelque chose, Carpaccio… Quelque chose que tu ne diras à personne, d'accord ?

— Mmm…

— Je m'appelle Mowgli.

Ce nom lui va si bien, petit d'homme abandonné dans la jungle qu'est devenu notre monde… Je n'ai pas ressenti cela depuis des années. Cette envie de protéger quelqu'un, de veiller sur lui. J'ai l'impression que mon sang se réchauffe dans mes veines.

— Ben il ne me reste plus qu'à t'adopter !

— Sérieux ?

— Bien sûr que non ! Tu es adulte, Momo. Je te propose une colocation… et un boulot, si tu veux. Ça te dit, d'être bénévole dans l'équipe informatique ?

— Je vais d'abord me rouler un joint pour atterrir.

Dossier
Entretien de départ.

Jacques De Ridder, par Sabrina.

Les événements se sont un peu précipités, mais Jacques est désireux de quitter rapidement la résidence et semble avoir mis les choses en place pour que ce départ se fasse dans de bonnes conditions (loyer raisonnable, engagement bénévole, épargne régulière). Nous avons décidé de le soutenir dans sa demande, malgré la réserve du Dr Van Campenhout selon laquelle le diagnostic de mélancolie n'est pas de bon augure et justifierait plutôt un placement en institution psychiatrique. De notre côté, la réserve est davantage liée à son choix de colocation. N'est-il pas en train de préparer le prochain échec en vivant avec quelqu'un d'aussi instable que M. ?

Il travaillera quatre demi-jours par semaine, mais souhaite une dérogation au règlement pour venir un jour en plus. Nous nous sommes mis d'accord pour être attentifs à son état et sa situation en nous installant à sa table au réfectoire, chaque fois que cela se présente.

— Que Dieu me vienne en aide, Jacques… qui va-t-on mettre dans la chambre à votre place ? Je suis content pour vous, c'est pas ça, mais je crains le pire… Avec un peu de chance, on me mettrait Ramon, mais la chance, il y a longtemps que je ne compte plus dessus.

— Ramon ?

— Il revient demain, vous ne saviez pas ? Il paraît que sa mère avait signé des papiers avant sa mort et que c'est son frère qui a la maison en Espagne, et il ne veut pas de Ramon dans les pattes. Ramon a reçu de l'argent, mais la femme de sa vie est partie avec. Authentique. Sur la tête de ma mère, pas une femme de chez nous ne ferait cela.

— Elle n'est pas de chez nous, elle est espagnole.

— C'est pareil. Les Européennes ne sont pas fiables. Et vous, vous ne savez pas les tenir.

— Et il va comment, Ramon ?

— Comme d'habitude. En pire.

Demain, j'emménage dans ma nouvelle vie, je serai à nouveau domicilié comme un homme normal, Ramon revient, Filleul se lamente, Momo est sûrement en train de faire des combines pour nous trouver un poste de télévision ou un percolateur, Sabrina raconte une histoire à ses enfants avant d'aller faire sécher le linge et de dresser la table du petit-déjeuner pendant que son mari s'entraîne au tennis avec ses copains. Tourne manège.

— Et toi, Filleul, tu as des projets ?

— Justement, je voulais t'en parler… tu me prendrais dans l'équipe info ?

— …Momo y sera. Tu le sais ? Tu te vois passer 28 h par semaine avec quelqu'un qui te houspille tout le temps ?

— Tu te trompes, Jacques. Momo ne connaît pas toute mon histoire, mais il sait que j'ai besoin d'être secoué, bousculé. Un véritable empêcheur de tourner en rond. Chaque fois qu'il m'énerve, j'arrête de voir défiler les images que tu sais. C'est un gars qui a des pouvoirs, comme on dit chez nous. Il sait exactement ce qu'il faut faire pour chacun. Il sent ces choses. Un peu comme un ange.

— On ne peut pas dire que cela a fonctionné avec Ramon.

— Qu'en sais-tu ?

— Et Lucia ?

— Quoi, Lucia ? Il est tombé amoureux, il a passé quelques jours à bander comme un âne, avec une belle fille qui lui a donné l'espoir du bonheur. C'est un cadeau, crois-moi, l'espoir du bonheur.

Même quelques jours. Quand on sait qu'on ne sera plus jamais heureux, on mesure le prix de l'espoir, crois-moi.

— On ne peut pas vivre une seconde sans espoir.

— Je ne suis plus vivant, Jacques.

Momo n'est pas occupé à magouiller. Il est allé chercher son pactole à la consigne de la gare. Casier 71, son chiffre porte-bonheur. Un petit sac à dos élimé qui n'attire pas l'attention. La dernière fois qu'il a compté, il avait bien dans les trente mille euros. Maintenant il va avoir un vrai logement. Une cuisine avec des vieux meubles et plus des plans de travail en inox entre des fourneaux immenses, un W.-C. d'où l'on n'entend pas les problèmes prostatiques des autres. Quand Louis et Anne venaient le voir, il s'était mis à rêver d'avoir une chambre à lui. Il l'imaginait avec un lit bateau, des murs remplis de dessins d'avion et de posters du Standard. Un petit bureau avec des tiroirs. Une clé, pour que personne ne rentre. Maintenant, il va l'avoir, sa chambre à lui. Il prendra un double lit, on ne sait jamais. Une garde-robe, une table, une chaise. Mais surtout, ça oui, il le veut, une chaîne hi-fi et une collection invraisemblable de CD. Il se couchera dans son grand lit, il appuiera sur la télécommande et il écoutera exactement la musique qu'il veut. Voilà. Momo sait ce qu'il lui faut pour être heureux. C'est à cette pensée précise qu'il a entendu aboyer dans le 53. Il le jurerait. Un chien aboie dans le casier 53. Y a des gens, je vous jure ! Momo ne se fait pas d'illusions, s'il appelle un gars de la sécurité pour ouvrir le casier, il faudra attendre les flics, la fourrière, et montrer ses papiers forcément, avec la tête qu'il a. Soyons réaliste. Autant libérer ce clébard sans se taper les formalités administratives. C'est bien ainsi qu'il est lui-même arrivé aux pieds de sainte Radegonde, non ? Pour éviter les formalités administratives. Le chien aboie comme s'il avait la taille d'un pitbull, mais le casier ne pourrait pas contenir plus qu'un cocker. Aussitôt dit aussitôt fait. Un yorkshire, manquait plus que ça. Et non, ce chien n'ira pas à la Croix Bleue, à la fourrière ou dans toute autre institution pour ceux dont on ne sait que faire. Et oui, Momo il s'en fout, avec sa tête de marloufe, de se promener avec un clébard minuscule de bourgeoise. Il s'en fout comme de son putain de père, il est heureux, Momo, il va avoir une chaîne hi-fi, écouter la musique qu'il veut, quand il veut. Alors il marche, un yorkshire qui lui chauffe le cœur dans son blouson. Carpaccio a beau dire, il ne se sent pas du tout adulte. Mieux encore, il a l'impression qu'il commence son enfance, et ça lui donne envie de chanter. Si ça se trouve, Carpaccio voudra tout de même bien l'adopter. C'est pas une question d'âge. Il va lui faire son baratin. Personne ne résiste. Il a beau avoir un naturel heureux, optimiste et positif, il sait ce qu'il lui faut, Momo, pour grandir. Que quelqu'un veuille de lui. Au point de se charger de quelques formalités administratives qui lui signifieraient *je tiens à toi* sur sa carte d'identité. Au point de mettre un nom de famille à côté de Mowgli. À ce propos, il va falloir trouver un nom à ce chien. Comment nommer un être abandonné ? Jack. Et si c'est une femelle ? À quoi distingue-t-on un mâle d'une femelle ? Trente ans en institution, Momo a tout à apprendre. L'enfance, ce n'est pas une question d'âge. Quand il sera grand, il ira voir les filles et il s'occupera de Jacques. Pour l'instant il a besoin d'amour. À se demander comment on a pu oublier d'écrire cela sur son mode d'emploi. Et d'un coup tout est clair, est-ce possible ? Ça crépite, il a des ondes, il marche dans la rue et au cœur de l'histoire des hommes, il a un flash, une crise de compréhension aiguë des causes et des effets, un savoir plein et débordant, une connaissance absolue : tous ces hommes qui vivent dans la rue, tous ceux-là qui arrivent dans les lieux pour sans-abri, tous, ils ont été mal aimés, trompés, trahis, abandonnés. Ils ont connu l'amour et on le leur a retiré, ça les a mis en miettes. Momo gambade sur les boulevards, il a de la chance, lui, il découvre l'amour. Il est entier. Y a plus qu'à grandir. Et pour ça, vaut mieux prendre le temps. Hein, Jack ? Je vais m'acheter un vélo, regarde, Jack, les pistes cyclables sont mieux entretenues que les trottoirs. Je te mettrai dans mon blouson, nous traverserons la ville pour un oui pour un non. Il est déjà sur son vélo, il marche, il pédale, qu'importe, il sent le vent dans ses cheveux, la piste cyclable ressemble tout d'un coup à une piste de décollage. Jack est secoué, ce n'est pas avec Mémé qu'il était secoué de la sorte. Quand Momo sent sa chemise se tremper, il s'en veut. Il s'accroupit, sort Jack pour qu'il finisse ce qu'il a commencé dans le blouson de cuir, et lui promet de ne plus jamais lui fiche une trouille comme ça.

Paul Van Campenhout est heureux, lui aussi. Premier mandat politique, troisième conseil communal, et sa proposition est passée. Si son mandat est renouvelé aux prochaines élections, il ferme son cabinet. Vingt-cinq ans en psychiatrie, c'est bien assez. L'humain est un chantier infini. Ce n'est pas avec quelques réverbères et un parc refleuri qu'on va l'assainir. En politique, on a l'impression de servir à quelque chose. Cela dit, Paul est bien conscient que sa connaissance de l'humain est un outil précieux... Pas plus tard que ce soir, après un petit congé de maladie pour la femme d'un collègue, deux ou trois verres avec un attaché ministériel et encore un ou deux à écouter les difficultés conjugales d'une pétasse qu'ils ont mise aux finances, il a obtenu ce qu'il voulait. Il a eu du mal avec les affaires sociales. Expliquer la montée de la violence dans certains quartiers par la paupérisation de sa population, c'est un peu simpliste à ses yeux. L'immigration, il veut encore bien, mais bon, ce n'est pas lui qui laisse entrer tout le monde dans la commune, hein ? Quand il a reçu son échevinat, il a vu le problème et la solution dans le premier verre de champagne : la lumière. Éclairer les rues, éviter les quartiers sombres, les coins perdus. Si même la police évite ces quartiers, faut pas demander. Au printemps, on démarre le réaménagement de cette berge de la Sambre qui est presque devenue un self-service pour toxicos. Dans deux ans, au tout début de la campagne électorale, on n'y verra plus ces bandes de décrochés scolaires. Les patrouilles de police seront triplées, les rues seront tellement lumineuses qu'on se croira à Noël le soir d'Halloween. Et d'ici là, on envoie le fisc à tous ces petits commerces où les chômeurs font la file pour téléphoner à leur mère restée au pays, en glissant leur mise pour le dernier pari dans la gazette de la veille. Pour l'heure, Paul Van Campenhout ne pense plus à tout ça. Il ne pense plus à rien. Il rentre chez lui en pilotage automatique. Il ne tient plus l'alcool comme avant et la journée a été longue. C'est sans doute un chien, ce bruit contre le pare-chocs. Il ne supporte pas les gens qui laissent leur chien sans laisse. Encore bien qu'il a une 4x4. Le pare-chocs est assez haut pour éviter les griffes sur la carrosserie. S'il n'était pas si tard, il s'arrêterait, il porterait plainte contre le maître du chien. Ça lui ferait les pieds. Pas le temps, pas le courage. Qu'ils aillent tous au diable, il a fait sa part pour la société aujourd'hui.

Quand Sabrina s'est installée en face de moi au réfectoire, j'ai su qu'il se passait quelque chose de grave. Elle ne prenait jamais le petit-déjeuner avec nous. Elle n'avait jamais les yeux rouges. Et j'ai su qu'il était arrivé quelque chose à Momo. Nous sommes allés ensemble aux urgences. Le choc, les sédatifs ou les antidouleurs pouvaient encore nous laisser penser qu'il dormait, qu'il allait se réveiller et bondir de son lit, mais le médecin a été clair, le choc avait sectionné la moelle épinière de manière irréversible. Il a dû être heurté par un véhicule. Délit de fuite. Pas de témoin. Son visage était paisible, pas même blessé. Aucune fracture. Il s'est réveillé un instant, quand l'infirmière est passée : *C'est mon père, donnez-lui mon sac et le chien, il les ramènera chez nous.* Sabrina n'a pas démenti. Elle a posé sa main sur mon épaule. Qu'aurions-nous pu dire ou faire ? Nous sommes restés là. Atterrés. Dans les heures qui ont suivi, Momo est entré dans le coma. À notre retour, tous les gars étaient au courant. Sabrina m'a proposé de postposer le déménagement, mais à quoi bon ? Alors quelques résidents ont pris les choses en main. En deux heures et sans rien dire, les affaires de Momo et les miennes étaient dans l'appartement, mon frigo était rempli, et le chien avait même un panier.

J'ai organisé mon horaire en fonction des heures de visite. Je passais mes après-midi avec Momo. Je lui ai raconté tout, toute ma vie avant, tout ce que je n'ai jamais partagé. Je lui parlais de l'équipe informatique, de la vie à la résidence. Je brodais, j'en rajoutais. Il paraît que, dans certains cas, les comateux entendent, que certains ont une forme de conscience, qu'il est essentiel de leur parler. Je lui parlais. Je lui ai dit que je peignais les murs de sa chambre, que j'avais trouvé des meubles sympas, que j'avais pensé qu'une chaîne hi-fi lui serait utile. Rien de cela n'était vrai. Momo resterait tétraplégique. Jamais il ne monterait «chez nous» au deuxième étage. Encore moins au troisième. Je lui ai dit que je l'aimais. Que s'il le voulait toujours, je l'adopterais. Et ça, c'était vrai. Je l'observais tout en lui parlant. Des chercheurs prétendent qu'il est possible de communiquer avec un certain nombre de personnes dans le coma. Son visage restait absolument impassible. Et pourtant, je ne puis m'empêcher de penser qu'il a tout entendu, tout compris. Après trois semaines, il a eu une hémorragie cérébrale. Les dégâts étaient sérieux. Impossibles encore à préciser, mais la zone touchée permettait de savoir que, si par miracle il sortait du coma, il n'aurait plus toutes ses facultés mentales, qu'il perdrait sans doute la vue et l'usage de la parole. J'espère qu'il n'a pas entendu cela. J'espère que son cerveau était suffisamment abîmé pour ne pas comprendre que la vie qu'il avait devant lui était exactement le contraire de tous ses rêves. J'espère qu'il a senti ma main sur son front, sur ses joues, j'espère qu'il a entendu le son de ma voix. J'espère qu'il a su que j'étais avec lui, jusqu'au dernier moment.

Rue Notre-Dame, le Parlement wallon, avenue Reine Astrid, place Wiertz, rue Patenier, chaussée de Charleroi… La fille de Laura est venue me déposer un faire-part. Laura est morte. Je n'ai pas vu sa fille. J'étais au crématorium, avec 120 sans-abri, 35 travailleurs sociaux, 53 bénévoles. J'ai trouvé ma place dans le monde. Ce n'est pas une question d'âge. Dans ma chemise, un yorkshire réchauffe mon cœur. Je crois que je vais l'appeler Hope.

Une femme veut me voir. Elle va écrire un livre qui se passe à la résidence. Elle aimerait mon témoignage. Elle m'a vu au réfectoire, je ne ressemblais pas aux autres, elle aimerait me rencontrer. Si je suis d'accord. J'espère que ce n'est pas à l'étage. Je n'y suis plus remonté depuis ma sortie. Je vais dans l'autre bâtiment, pour mes heures de travail, puis au réfectoire, mais je ne m'arrête jamais au deuxième. Ici, personne ne ressemble aux autres. Nous sommes dans le même sac, mais nous arrivons avec nos histoires et notre piètre manière de les traverser. On nous débarque dans une cour, on nous trie, on nous range dans l'étagère « en ordre », autant que faire se peut. À l'ère de la récupération des déchets et de l'économie durable, on nous fait durer, on nous recycle et si, coincé sur le carrousel du monde, on attrape la floche au passage, on a droit à un tour gratuit. *Je n'ai rien vu venir.* Je ne vois pas ce que je pourrais lui dire d'autre.

Achevé d'imprimer
en mai 2015